中華譯學館

莫言題

中华译学馆立馆宗旨

以中华为根 译与学并重
弘扬优秀文化 促进中外交流
拓展精神疆域 驱动思想创新

丁酉年冬月许钧撰 罗卫东书

丝路夜谭

众神与英雄

印度神话

郭国良◎主编
刘西竹◎选译

ZHEJIANG UNIVERSITY PRESS
浙江大学出版社

总　序

对外交流是当今各国各民族谋求合作共赢的必要途径，是维护世界和平与发展的重要保障，也是持续推动人类文明进步的不竭动力。2000多年前丝绸之路的开辟，直接推动了中外文明的交流，为人类文明互鉴做出了不可磨灭的贡献。丝绸之路连接各方的交通要道，跨越各地的江河湖海，沿途不同的民族、种族、宗教、文化得以交汇、融合，从而架起了人类合作交流的桥梁。

“青山一道同云雨，明月何曾是两乡。”长期以来，在丝路精神的影响下，各国人民在频繁往来中结下了深厚的情谊，文化交流成为推进友好往来的坚实基础。民间传统文化以传播和交流形式丰富多样、内容生动活泼、贴近现实生活等特点受到各国人民的欢迎和喜爱。其中，神话、传说、童话因流传范围甚广、内容通俗易懂、蕴含朴素情感、颇能打动人心而成为中外文化交流的重要内容，为文化融合和文明互鉴开拓了独特的路径。正如季羡林先生所说，“在国与国之间，洲与洲之间，最早流传的而且始终流传的几乎都是来源于民间的寓言、童话和小故事”[1]。重视并发挥民间故事在中外交流中的积极作用，将有效增进各国人民之间的联系和互动，为构建人类命运共同体添砖加瓦。神话、传说、童话是民间传统文化的重要组成部分，它们不仅承载了劳动人民的知识、经验、情感、智慧，更凝结了各民族文化的优秀基因，积淀了各民族共同的价值追求，为各民族文化的发展壮大提供了丰厚滋养，也为后人留下了一笔笔宝贵的精神财富。与此同时，神话、传说、童话能够从侧面反映各国在政治、经济、历史、地理、宗教信仰等方面的变迁，为学术研究提供重要的背景资料和素材。本译丛比较集中地展示了一些国家的民间故事，为增强我国读者对这些国家的了解打开了一扇窗户，也为我们借鉴、学习别国优秀传统文化提供了一个渠道。

通过阅读其他国家的神话、传说、童话，我们能够发现这些国家与中国在文化上既存在悠久的历史渊源，也存在明显的差异。它们最初以口口相传的形式在不同群体、民族、国家之间进行传播。在此过程中，能够反映人们共同情感和价值观念的核心要素得以保存下来，但是受到本民族特有文化的影响，这些民间传统文化也

① 季羡林. 比较文学与民间文学. 北京：北京大学出版社，1991：1.

不可避免地出现变形和置换，形成各种各样的异文。我们应该本着“求同存异”的原则，发掘中外文化中的殊途同归之处，尊重不同民族的特点，积极助推中外文化交流与互学互鉴。

中华译学馆组织编选、翻译的“丝路夜谭”译丛，收录的神话、传说、童话既注重意义内涵，也彰显艺术价值。在主题上，有的劝善戒恶，有的蕴含哲理；在内容上，有的叙述勇敢正义的冒险，有的描写纯洁美好的爱情；在风格上，有的清新质朴，有的风趣幽默；在表现形式上，有的平铺直叙，有的借物喻人；在故事情节上，有的简单精练、寓意明显，有的跌宕起伏、扣人心弦。正如荷马史诗等古希腊文学作品开创了西方文学的源流，女娲造人、精卫填海等上古神话开辟了中国文学的疆域，神话、传说、童话在很大程度上启发了世界各国的文学传统。在世界文学这个千姿百态、争奇斗艳的大花园中，神话、传说、童话恰似一朵朵奇葩，它们不应孤芳自赏，而应散发出更加迷人的光彩、吸引更多关注的目光。希望本译丛能够让更多的读者发现它们、了解它们、喜爱它们，在细细品味中领略它们的独特价值和魅力。

需要说明的是，由于神话、传说、童话中也包含了古代人对天地宇宙、自然万物、部族战争、劳动生活等方面的夸张想象或稚拙解说，我们在移译中尽可能保留其内容的原始性，以反映作品的真实性，相信睿智的读者定能甄别鉴辨。

郭国良

2020年5月于杭州

前　言

现在，许多年轻人读书都不读前言了，因为对他们来说，所谓“前言”无非是无聊与陈词滥调的代名词。对于一本讲故事的书来说，在开头放这么一段无聊的文字也大可不必。只不过，既然这些故事本身都足够有趣，我们也不妨了解一下记录这些故事的原典，以及书写它们的人们。

原本记录这些故事的语言是梵语（Sanskrit）。与“英语”“法语”“德语”等名称不同的是，这个名称与任何具体的民族都无关[①]，它只是一个形容词；虽然无法准确地翻译成我们的语言，但其含义大致相当于“高阶层的”，因为它原本是婆罗门（Brahman），即祭司阶层，与各个古印度王国的王公们的语言。当时，其他阶层说的则是巴利语（Prakrit），是梵语的一个更浅俗的版本。

基督降生前的几个世纪，一支族群从西方来到了印

① 汉语中的“梵语”一词原指“梵天之语”，即婆罗门祭司与神灵沟通的语言。——译者注

度，他们自称为“雅利亚斯”（Aryas），意思是“贵族”。这个词后来演化成“雅利安人”（Aryan），它是许多古老族群的统称，其中，除了入侵印度的那一支外，还包括西方许多其他民族。印度雅利安人与欧洲的联系，从梵语和希腊语、拉丁语以及许多现代欧洲语言的比较中便可见一斑。

毋庸置疑的是，雅利安人入侵印度的过程前后持续了几十年甚至几百年。为保险起见，我们不妨把公元前1500年左右视作大部分早期历史记录成形的时间。从那时起，这些历史记录逐渐涉及整个北印度，有关南印度的内容却很少。南印度的语言与北印度有很大差异——即使排除了那些源于蒙古语和阿拉伯语的语汇——后者仍保留着那些最明显的梵语特质。迄今为止，北印度语言中的许多词汇都和3000多年前那些最古老的梵文手抄卷上的一模一样。

早期梵文手抄卷的内容主要是祭文，它们大多汇编于名为《吠陀经》（*Veda*）的典籍中。《吠陀经》一共有四卷，但其中一卷在年代上明显晚于其他三者，在当代学界受到的关注也更少。其中最著名的当属《梨俱吠陀》（*Rig-Veda*），它包含了超过一千篇祭文。这些祭文所称颂的众神与雅利安人理论上的“远亲”——斯堪的纳维亚人的神颇为类似，其本质不外乎自然元素的拟人化。水和火、天空和太阳、雷电和雨水以及其他次要的自然现象都被冠以各种各样的神名并受到崇拜。此外，这些祭文里也理所当然地充斥着各种神话传说，讲述着神灵在自然界中的种种行迹。

学者们还发现，随着时间的推移，这些祭文逐渐开始赋予简单的自然崇拜更多的思想内涵，并反映出更深的宗教信仰问题。与此同时，不仅关于原有众神的新故事与日俱增，越来越多新神的故事也相继加入它们的行列。这些故事都有着极强的戏剧性，在故事性上，它们都与希腊神话别无二致；在某些方面，甚至比后者还通俗不少。

虽然本书提及的所有故事都并非原封不动地摘抄自《吠陀经》，但其中登场的人物都或多或少曾在组成《吠陀经》的祭文中出现。部分祭文被认为是极裕仙人（Vasishtha）和众友仙人（Viswamitra）的作品，另一些则记录了优哩婆湿（Urvasi）神话的雏形。许多本书即将提到的神祇在《吠陀经》中便已拥有姓名，但随着时间的推移，他们日后的神格属性都与当时有了许许多多的不同。

除了与《吠陀经》有关的许多重要文献（其中有些还记载了与本书选取的故事极为相似的内容）之外，我们还需要关注印度最伟大的两部史诗——《罗摩衍那》（*Ramayana*）和《摩诃婆罗多》（*Mahabharata*）。前者讲述了南印度的故事，后者中的故事则属于北印度。“罗摩衍那”意为“罗摩的故事”，罗摩（Rama）是故事中的一位大英雄，被视作毗湿奴（Vishnu）的第七个化身。在印度神话中，早在罗摩之前，毗湿奴便已数次以不同的化身行走人间，但其中大部分都是非人类的形象，例如鱼、龟和野猪。只不过，不论以怎样的名字或形态现身，毗湿奴或许都是印度诸神中知名度最高的。时至今日，光是罗摩这一个化身都足以为他收获数以百万计的信徒。比罗摩更有名的是他日后的另一个化身黑天（Krishna），虽然在西方看来，其受到的尊崇其实远不及前者。

《罗摩衍那》是一首足有6万行的长诗，但与《摩诃婆罗多》相比仍只是小巫见大巫。在长年累月的集体创作下，后者的总长度甚至超过了麦考莱[①]21万行的《无敌舰队》(*Armada*)。《摩诃婆罗多》讲述了位于现在德里一带的某个王国中，王族的两大分支为争夺王位而战的故事；但同时，各种不同类型的“插话”故事也广泛存在于全诗的字里行间。同时，这部史诗也几乎囊括了印度宗教神话中出现过的所有主要人物与传说、典故。

本书将大略地讲述《罗摩衍那》与《摩诃婆罗多》的主要情节，也会有选择地记录一些次要的小情节。

本书的最后一大信息来源是往世书（Puranas），它们的成书年代大多远晚于那些史诗，其中部分作品的年代

---

① 托马斯·B. 麦考莱(Thomas Babington Macaulay, 1800—1859),代表作为《英国史》。——译者注

甚至离现代都不算太远。往世书的主题全部是宗教性的，其中大部分都是赞美某个特定的神。它们一般从开天辟地讲起，一路追述神灵从古到今的丰功伟绩，这样的叙事结构让整个故事讲起来几乎无穷无尽。

要说这些伟大的文字都有哪些显著特征，我首先想到的便是其历史的悠久。保守估计，我们熟知的“古典”梵语文学起源于公元1000年，甚至更早；可如果将《吠陀经》也算上，整个梵语写作的传统便已经持续了不下2500年。虽然《吠陀经》与印度史诗之间的语言差异几乎不亚于荷马和索福克勒斯，但在过去的2000年内，梵语的语体与词汇系统发生的改变远小于近300年内发生在英语中的变化。毫无疑问，这主要是因为梵语向来被视作神圣的语言，并因此广泛适用于印度的各个邦国，就像欧洲中世纪时的拉丁语一样。

在这样古老的传统之下，还有三件事值得我们注意。

首先，就像其他绝大多数梵语文学作品一样，即使本书选取的故事不全是纯粹的宗教故事，它们也总能反映某些宗教思想。在印度文学中，神灵与魔鬼、祈祷与献祭向来都比比皆是。和印度一样，欧洲的宗教文学传统也从未中断过。然而不同的是，欧洲文学诞生几百年后，宗教便不再是文学的全部，而只是其众多写作题材中的一种。

其次，令人震惊的是，在印度源远流长、博大精深的文学世界中，一直不存在真正意义上的“历史书写”，哪怕《罗摩衍那》《摩诃婆罗多》以及往世书中的部分作品，显然都有着真实的历史原型。有一部诗集名叫《诸王流派》（*Rajatarangini*）[①]，以诗歌的形式记录了某个时代克什米尔地区诸王的历史。在西方与伊斯兰世界，纪实性史传文学向来意义重大，但《诸王流派》这样的印度史诗，在真实性上却难以与之媲美。2500年来，印度世界都未曾有过真正的“正史”，这一现象放眼全世界都相当罕见。波斯与阿拉伯的史书都记录了不少生动且富有深意的故事；可相比之下，哪怕历史如此悠久、体裁如此丰富，古印度文学都未能给我们提供类似的思考与娱乐价值，这实在是令人深感遗憾。

此外，印度文学还有一个不甚引人注目，却又着实不容忽视的重要特征：夸张。放眼全世界，印度神话对夸张手法的运用之广泛几乎无可匹敌。当其他民族最多只用“千”“万”来描述山水、鸟兽、神魔的数量时，古印度人却往往使用“亿”“兆”“吉”这样巨大的数量级。过度的夸张往往使印度文学中的描写显得过于荒谬，以至于失去了基本的娱乐性。除了这些夸张到尴尬的描写外，印度众神与英雄身上还有许多令人嫌恶的缺点。不光是我们自己，连古印度的知识阶层，甚至普通

① 也译作《王河》《克什米尔王统记》。——译者注

人也不得不承认他们的不完美。在恢宏壮丽的神话背景下，这些缺点显得尤其明显。因此，本书将适当地减弱原著的夸张性，并尽可能自然地展现英雄们身上光明敞亮的一面。不过另一方面，将这些特点完全删去后，整个故事都可能会面目全非，继而严重偏离古印度的真实风貌。

我承认，在我个人看来，印度的神话世界里几乎没有像西方的奥德修斯（Odyssus）[①]或东方的鲁斯坦（Rustem）[②]那样有趣的英雄。不过，我希望我的读者们都能从这些故事里的男女英雄中找到那些最具勇气与尊严、值得自己喜爱的特质。

W. D. 门罗

① 古希腊史诗《奥德赛》(*Odessy*)中的主角，在特洛伊战争中发明"木马计"，立下赫赫战功；却因惹怒海神波塞冬，在凯旋路上无故遭遇了许多妖魔鬼怪，历经千难万险返回家乡。在现代英语中，"奥德赛"一词已成为"冒险故事"的代名词。——译者注

② 16世纪的奥斯曼土耳其政治家，出生于今日克罗地亚一带，曾任苏莱曼大帝的大维齐尔（宰相）。——译者注

目　录

众友仙人的故事[①]

（一）

很久很久以前，有一位国王名叫贾迪，他有个儿子名叫众友。这对父子在当时属于刹帝利种姓，是四大种姓中的第二等，即国王和武士的阶级。然而从幼时起，众友便打心底里渴望成为一名婆罗门——最高一级的种姓，也就是祭司阶层的一员。

众所周知，根据古印度经文手抄卷记载，低种姓者终其一生都无法提高阶级，除非他死后转世投胎，重生在另一个高种姓的家庭。然而众友的理想却截然不同：他要战胜严苛的戒律与祭司们的排挤，全凭今生的修行与他们平起平坐。

一开始，众友对于改变命运的想法还没那么执着。但有一次，机缘巧合下，他对婆罗门无边法力的渴望突

① 本故事出自《梨俱吠陀》。——译者注

然与日俱增。之后的几千年里，对修行的执念如星火燎原般占满了他的整个生命。禁欲苦修的生活冗长而枯燥，阻碍修行的敌人众多且险恶。但最终，众友战胜了一切艰难险阻，实现了自己的梦想。

继承了父亲的王位之后，众友组建了一支庞大的军队，打算征服四海、君临天下。在一次行军的路上，他们经过极裕仙人的隐居之地，这是一位有着崇高威望与圣洁之名的婆罗门仙人。听说众友是一位威名远扬的君王，极裕仙人和与他共处的婆罗门们盛情款待并热烈赞扬了他。一开始，极裕和他的隐士朋友们摆起了平时简朴的小型聚会，邀请国王一同加入。见修行者们如此热情地招待自己，众友也接受了他们的野果和香草。国王与仙人友好地交谈了片刻。最后，众友离开时，极裕决定要按照接待帝王的礼节来欢送他和他的士兵们。当时的众友原以为，能与这位久负盛名的仙人共餐，本身已是莫大的荣誉；可在东道主再三坚持下，众友也就欣然接受了这一最后的“保留剧目”。

除了自身多年修得的种种法术外，极裕仙人还有一头神奇的母牛，名叫舍波罗。只要主人愿意，它便能将他想要的任何东西变作成千上万，不论是一顿饭还是一支军队。因此，它也被称为独一无二的“如意神牛”。

按照主人的吩咐，神牛给客人们变出了山一样的米堆、湖一样的肉汤、云一样的糕饼、海一样的蜂蜜，以及各种各样无穷无尽的珍馐美味。从众友本人到地位最低的仆从，所有人都吃到了自己最想要的食物，饱餐了一顿。

神牛展现出的神奇力量让国王喜出望外。于是他有了觊觎之心，想将其据为己有。

“奇珍异宝是属于国王的。”他对仙人喊道，“这头神牛是无价之宝，所以请将它送给我！我将给你十万头母牛作为补偿。”

然而极裕礼貌却又坚定地回答道：“哦，大王！就算给我一千万头母牛，我也不会舍弃它！它是我的朋友与守护者，为我提供了肉体与灵魂的全部补给——是的，我的全部生命都仰赖它。方才为你们摆上的筵席也是它的赏赐。正因如此，我绝对无法放弃舍波罗。”

见此，执着的众友提出了更丰厚的交换条件。他向极裕许诺上千头披挂璎珞的大象、上千匹血统纯正的骏马、上百辆轩舆华美的战车，以及数以百万计的牛群。然而极裕还是不为所动。他说，他举行神圣仪式与日常修行的方法与能量都是神牛提供的；对他来说，它就是他全部的生命。更重要的是，与能实现一切愿望的神牛相比，国王赐予他的所有财产都不值一提。

众友罔顾极裕的祈求，决定以武力强抢神牛舍波罗。神牛被国王的属下野蛮地抓住，发出了痛苦的嚎叫，想着主人是否已经将自己抛弃。后来，它挣脱了试图束缚自己的人们，哭哭啼啼地逃回了主人身边，朝他倾吐起满腹牢骚。一开始，极裕仙人忌惮众友势大力沉，对舍波罗的处境不知所措。看着对方麾下庞大的军队，他告诉舍波罗，一切的反抗都是徒劳的。但舍波罗回答道，梵天大神的力量凌驾于万物之上，在他的神力面前，这些武士都终将战败而屈服。

“你的法力，”它哭诉道，“召唤来了我，于是我陪在你身边。只要有你的命令，我就能招来同样强大的军力，助你对抗这些傲慢的武士。”

这些话语让极裕重新振作起来，他命令神牛创造一支军队。于是它变出了数以千计全副武装的战士、凶狠的野蛮人，他们全都穿着最好的铠甲，手持宝剑与战斧。然而众友也拥有许多神兵利器，在它们的加持下，他的军队将舍波罗的军队打得溃不成军。

于是极裕再次让神牛竭尽全力，创造出更强大的军队。

这一次，舍波罗从印度斯坦边境和更远地方招来了无数山民和野人，他们乘着战车，骑着战马与战象，朝众友的军队黑压压地冲去；后者一见敌众我寡，还没见血便一哄而散，纷纷抱头鼠窜。

眼见情势急转、己方陷入一边倒的不利情况，众友的一百个王子又惊又怕，纷纷朝仙人猛冲而去，但他们的勇力只是杯水车薪。只见极裕朝王子们喊了一声、瞪了一眼，他们便在碰到他之前统统摔倒在地，烧成了灰。

万念俱灰的众友逃离了血腥的战场。从此，他踏上了寻求力量的道路，一心只想与自己曾经的款待者、如今的仇敌并驾齐驱。他将王国托付给最后一个幸存的子嗣，自己则开始了隐居修行的生活。他渴望牺牲自己的肉体，以极端禁欲的修炼换得足以向极裕复仇的力量。在这样的欲望驱使下，他走进了冰雪覆盖的喜马拉雅山麓，意图通过严格的苦修打动冷酷的湿婆大神——这位别号“大天”的主神素来以山巅冰穹为屋。

日子一天天过去，最终，骑着雪白公牛的湿婆出现在国王面前，询问他渴望获得什么好处。

“请赐予我，”他向湿婆祈求道，“百步穿杨的箭术，那些属于神灵与恶魔、圣人与妖精的神奇武器及用法。”

众友的祈祷应验了。获得全新的武器后，他想象着自己战胜那婆罗门仙人的样子，感觉胜券在握，因而沾沾自喜。他奔向极裕的隐居处，朝他射出夺命的箭矢，将他的茅庐淹没在火海之中。森林里的人群与鸟兽都惊慌逃窜，纷纷去和他们的主人极裕仙人报告。但极裕不仅对此毫无惧色，还愤怒地警告众友，他的愚昧足以使他自取灭亡，这一天就是他的忌日。众友对他的话不以为意，只是轻慢地迎了上去，朝极裕祭出一件又一件奇异又恐怖的、人力无法抵挡的武器。然而对方不仅毫发无损，还用自己的法杖将这些神兵利器悉数格挡开去。

骑着雪白公牛的湿婆

见大事不妙，众友使出了最后的撒手锏——一杆刻着造物主梵天之名的标枪。这武器的威力巨大无边，当国王想要投掷它时，天国与冥界的众人都为之颤抖。可拥有无数强大咒语的极裕竟将这梵天的武器吸进了自己体内。一时间，他的每个毛孔都涌出火光与烟雾，浑身光芒万丈，好似死神阎魔的刑杖。

眼见极裕仙人大获全胜，他的朋友们在一旁欢呼雀跃。而众友则羞愧难当、郁郁寡欢。他意识到，在梵天的神威面前，一切武力都是以卵击石。可他并没有就此放弃，而是打算开始进一步的修炼与自我净化，从而让自己也成为婆罗门仙人。

于是，众友再次离开了他的家乡，和他的王后两人一起奔向遥远的南方。在那里，他年复一年地忏悔、修行，就这样持续了一千年。一千年后，慈爱的造物主梵天出现在众友面前，告诉他，他已经达到了“王仙”，即刹帝利仙人的境界。可众友依然满心愤懑，轻蔑地回答道：“神明给我的恩赐，难道止步于这王仙的程度了？那我修行千年，岂非又是一无所获？”

事已至此，他继续投入修行，在苦修与忏悔的道路上越走越远，对自己越来越严格。

与此同时，在印度某处，有位名叫陀哩商古的国王。虽然陀哩商古道德高尚又严于律己，但他内心一直有一个压倒一切的执念——肉身成圣，白日飞升。为了实现自己的理想，他寻求过极裕仙人的帮助，但极裕却劝他放下这个执念。他又去找极裕的上百个儿子们帮忙，他们在南方隐居修行，都是声名不输其父的仙人。国王毕恭毕敬地恳求这些仙人，他们却冷酷地嘲笑他不切实际的幻想。这些仙人说，连他们法力无边的父亲都拒绝了他的要求，他们自己肯定也实现不了。

第二次的拒绝让陀哩商古勃然大怒，他离开了极裕的儿子们，怒吼道："我去找其他仙人帮我！"

这激烈的言语刚说出口，便立刻传到了极裕仙人的儿子们耳边。一怒之下，他们诅咒国王变成一个旃陀罗[①]——最低等的法外贱民；随后便继续修炼去了。

不久后，婆罗门仙人的诅咒开始起效：陀哩商古国王的皮肤变得黝黑粗糙，头发根根掉落；他的大臣和朋友们恐惧且厌恶他的模样，一个个离他而去；他的金银财宝也成了死去的侍从们的陪葬。这让他伤心欲绝。可纵然如此，陀哩商古仍然不肯放弃他的执念。现在，他认为只有众友仙人能给他帮助。

已成王仙的众友怜悯地看着这个曾经也是一国之君，如今却坠入尘埃的道友，询问他的现状与需求。陀哩商古回答道："我曾梦想着以肉身到达天堂。为此，我

① 比"首陀罗"更低级的"达利特"(贱民，也称无种姓者、不可接触者)中的一种，由首陀罗男子与婆罗门女子跨种姓婚配的后代组成，大多居无定所。——译者注

曾寻求我的祭司和他儿子们的帮助，可他们都不愿向我伸出援手。于是我找到了您，法力无边的仙人。我老实的嘴巴素来不知说谎的滋味。我以一个武士的荣耀起誓，我将坚定不移地朝着我的目标努力。哦，请聆听我的请求，并倾囊相助吧！除了您，我再无别的依靠了。”

众友仙人于是被陀哩商古打动了，不只是因为对方与自己出身相同的种姓，也都有着比寻常武士更高远的理想；更重要的是，两人都被同一个敌人阻碍或拒绝过，并为之付出了惨痛的代价。他耐心倾听了国王讲述的故事，温柔地对他说：“不要恐惧，尊贵的国王，我将亲手助你一臂之力！我会邀请那些最神圣的贤者与你一同举行仪式，助你飞升，并保你肉身不朽。”

众友派弟子们前往世界各地，去寻找那些最圣洁的人，邀请他们参加祭祀仪式，其中也包括了极裕仙人和他的儿子们。过了很长时间，弟子们陆续回来了。他们告诉众友，其他被邀请的仙人都将如约前来，只有极裕一家不答应。他们说：“神灵和圣人会在意一个并非祭司出身的人举办的祭祀吗？让我们婆罗门参加这样的仪式，难道不是一种侮辱吗？还有，我们想净化自己，难道还得靠众友帮忙吗？”

极裕仙人带着怒气的嘲讽传遍四方，众友仙人知道后，便让传话的弟子们带去一道诅咒：“这些低贱的人侮辱了我，否定了我以千年修为举办的祭祀，他们应该堕落为贱民。在接下来的七百次轮回中，他们都将转生为令人厌恶的流民，穿着死人穿剩的衣服，吃狗肉过活[①]！至于‘伟大的’极裕仙人他自己，这个傲慢的蠢货，他要亲口吃下种在我身上的苦果：他将转生成一个捕鸟人，为生灵的死亡而高兴，并且将生生世世待在社会底层，再慈悲都永世不得超生！”

说罢，他便转向共聚一堂的仙人们及一众弟子，朝他们郑重宣布：众所周知，这次聚会的目的在于帮助陀哩商古肉身成圣，升入天国。

不过，众友仙人诅咒他的宿敌及其儿子们的故事还有另一个版本。在讲述仪式进行的过程之前，我们不妨先讲一讲这个版本的故事。两个版本哪个更广为人知，如今已无从判断。有些人甚至说，这个版本其实是众友在前文的“第一次”诅咒之后，对极裕一家发动的第二次打击。

有一天，极裕仙人在路上遇见了供养他的国王。国王命令他让路，但极裕礼貌地回答道，武士的职责才是给婆罗门让路。国王很生气，用权杖殴打仙人，仙人一气之下，诅咒他成为一个食人者。虽然众友没有亲眼看

① 在印度传统文化中，狗被视作与冥界有关的、不洁净的动物。后文《般度五子的故事》中，坚战的宠物狗（实为法神达摩的化身）被因陀罗禁止登天，也是出于相同的原因。——译者注

见极裕当时的样子，但他听说了这个诅咒，也立刻顺势将它实现，让食人恶鬼附身于国王。在两位仙人的双重诅咒下，国王走着走着，刚遇见极裕的长子萨克特里，马上就将他生吞活剥了。就这样，国王一个接一个地吃掉了极裕仙人的所有儿子。极裕悲痛万分，尝试以各种方式自杀：他试着从须弥山顶跳下去，可山底却变得像棉花一样柔软，摔不死他；他试着走进着火的森林，可火焰也烧不死他；他试着绑着石头跳海，可海浪根本淹不死他，还把他连同石头一起甩上了岸；他试着捆起四肢跳河，可河水依然冲不死他，甚至自动解开了他的捆绑，把他直接送到岸上……发现自杀无用后，极裕重新回到森林里隐居。就在此时，他忽然与自己求之不得的死亡擦肩而过——那吃人的国王找到了他。吞食婆罗门仙人本就是滔天大罪，为阻止失控的国王遭到报应，极裕仙人最终赶走了他身上的恶灵，还他以清醒的头脑。从国王因受到诅咒而失去心智，到解除诅咒而觉醒，足有十二年之久。

让我们回到众友仙人的仪式：这位圣人与其他经验丰富的仙人开始了那神圣的仪式。在咏唱完冗长的祭文之后，众友召唤天上的众神前来享用祭品，可众神似乎对他的祈祷充耳不闻。

众友仙人顿时出离愤怒，决定不顾众神的意志，以毕生功力帮助陀哩商古国王升上天国。在他通天彻地的法力加持下，陀哩商古在众目睽睽之下一路冲上云霄，朝众神的宫殿飞去。然而他们的所作所为仍然逃不出众神的裁度。雷神因陀罗朝国王喊道：“陀哩商古啊！天国将永远不会有你的位置！愚蠢的凡人啊，回到人间去吧！”

神王一声令下，陀哩商古立刻直坠而下；他一边坠落，一边朝众友仙人呼喊求助。听到道友的求救，众友竭尽全力阻止他的坠落。只见众友使出千年修得的无边法力，在南方的天空中凭空创造了七颗星辰[①]，与北斗七星遥相呼应，它们立马将陀哩商古悬挂在半空。凭借强大而诡谲的法力，众友在一怒之下竟然靠自身意志创造出了全新的神灵。相比原有的诸神，他们对他愈加言听计从。然而其他神祇、仙人与达伊提耶巨人都不同意这一做法，极力阻止他继续造神。众友仙人领会了他们的意思，但仍然不愿放弃原本的目的。于是，他与众神约定，只要他们同意他像之前一样，帮助陀哩商古飞升，他就停止私自造神的危险行为。最终，双方达成了一致，众神与仙人们都再次各安其所。而实现了目的的众友也再次离开，踏上了追寻法力与智慧的旅途。

在印度神话的世界里，若能克服欲望，潜心修炼，原本平凡的生灵也能获得超凡的力量，甚至令天神都忌

---

① 即现在的南十字星。——译者注

惮三分。众友仙人正是这样的存在之一，他求道的执着与自律的严格都早已天人共鉴。因此，众神想要让他放弃这一目标。有一次，众友发现自己耽于声色犬马，无意间打破了多年修行的戒律。他为之自责良久，才重新拾起成为婆罗门仙人的目标，再次展开更艰苦的修行。此后，哪怕众神使出浑身解数来引诱众友破戒，他都不为所动，靠近他的天神们却一次次自食其果。想着他们对自己的百般刁难，众友怒火中烧，进一步失去理智。不过最终，他还是从愤怒中解脱，并开始尽心学习如何驾驭每一种情感。

从此，他天天金鸡独立，双臂举向天空，不吃不喝，一动不动[①]。赤日炎炎时，他在四方火焰中央打坐，第五方火焰——太阳——也在他头顶燃烧不息。淫雨霏霏时，乌云是他头顶唯一的遮蔽，水流浸湿的草地是他的床褥。就这样，他再次修炼了一千年。众神为他的毅力而惊颤。然而众友仙人仍然严守戒律，矢志不渝。在离开喜马拉雅山麓后，他向东进发，以前无古人后无来者的严苛态度开始了下个千年的修行。禁欲让他变得形销骨立，整个身体状似一截朽木，却始终无法磨灭他坚定的信念。

① 今日的印度苦行僧仍有此种修行法，但事实证明，其并不能使人长生不老，反而对健康有害无益。——译者注

在第三个千年的修行结束后，众友准备享用一顿简单的饭食。这时，因陀罗化身为一名讨饭的婆罗门从他身边路过。此时的众友又饥饿又虚弱，根本说不出一句话；但出于修行者的自觉，每当那乞讨者开口时，他都会施舍一点残羹冷炙。在通过了这最后的考验之后，他所修得的神力喷薄而出，头顶浓烟滚滚，天地人三界都为之一片惶恐。天神和仙人，达伊提耶和那伽蛇人都一同向万物的主祈祷，恳求他不再阻止众友仙人修成正果，否则后果将十分严重。

“主啊！”诸天神魔哭诉道，“在众友面前，一切威胁与诱惑都毫无作用，因为他一旦立下誓言，便百折不挠。若无法得到渴望的恩赐，他便会一直修炼下去，直到彻底打破宇宙万物的平衡。他的力量早已将大地撕裂，令人间涂炭。如果贾迪的儿子仍要追寻更高的目标，他又将怎样为祸世间呢？我们祈求您，尽快满足他的一切愿望，以保护整个宇宙的安全。”

在诸天神魔的恳求下，梵天深思熟虑了很久，最终在众神的簇拥下下凡，来到众友仙人面前，温柔地祝福他道：

“祝贺你，贾迪之子，你现在是‘梵仙’，即婆罗门仙人了！为达到婆罗门的神圣境界，你付出了如此艰苦而漫长的修行。你将收获长久且充满欢乐的生活，如果你愿意离开，便离开吧。”

见此，众友仙人感到自己终于大获全胜，向万物之父致以崇高的敬意，说道："如果我的婆罗门仙人资格是真实的，那么请把它写入《吠陀经》，让祭司们以我的名义祭祀。另外，也请让极裕仙人前来见证我受到的神恩。"

于是，久负盛名的隐者极裕仙人也来了。极裕祝贺自己的新仙友如愿成为梵仙，承认了他婆罗门的神圣地位。作为回报，众友也感谢了自己曾经的仇敌，向他致以最大的善意。

武士众友冒险求仙的故事至此正式结束。他最终战胜了众神与祭司们长年累月的反复诘难，与过去拒绝自己的仙人并驾齐驱。只不过，倘若梵天不授予众友梵仙的资格，后者又究竟能否与极裕和好如初？无论如何，这都实在令人怀疑。与前文一样，接下来的故事纯属虚构，但它至少反映了两人的真实关系：在这对宿敌之间，一切同盟关系都难以长久持续。

（二）

在众友荣升为婆罗门仙人之后，有一位伟大的国王名叫哈里什昌德拉。和过去的众友一样，他有着王仙级别的修为。哈里什昌德拉是古往今来数一数二的明君，他统治下的人民好德如色，疾恶如仇；国土一派祥和，无灾无病。

有一天，哈里什昌德拉国王在森林里打猎，当他像往常一样追逐野鹿时，忽然听见一阵哭喊声，仿佛是来自某个哀怨的女人：“哦！救救我吧！”虽然国王无法理解，但这哭声其实是由某些人格化的知识发出的。当时，强大的众友仙人正试图掌握这些知识，但它们从未被人如此操控过，只得朝周围的人求救。

哈里什昌德拉天生具有智慧和理性，若无意外，他也完全能细心思考，阻止事态恶化。可不巧的是，当时在他身旁恰好有一个邪恶的存在：“业障之魔”。这个魔鬼时常来去人间，阻止世间众生建功立业。看见众友仙人正试图掌握全新的知识，他脑中酝酿起一个想法：让他竭尽全力，却徒劳无功。但他却苦于找不到影响仙人的办法。“众友仙人法力无边，”魔鬼想着，“而我的力量远不及他。恐怕那些知识终究会被他一人掌控，没有谁能影响他。”

忽然间，业障之魔听见国王对哭喊的回应：“不要恐惧！”于是他突然灵机一动：“麻烦解决了，我只要附身于这个国王，让他为我所用就行了。”

于是，魔鬼便附在了国王身上。被附身的哈里什昌德拉立刻怒火攻心，想着自己国内竟发生如此伤天害理之事，肯定是有人刻意为之。他立刻朝哭声的源头冲去，并喊着要让犯事的无耻之徒在自己的箭矢下伏诛。听到这威胁的言语，众友仙人勃然大怒。哈里什昌德拉发现对方的真实身份，也顿时惊慌失措，愣在原地，如风中枯叶般颤抖起来。国王跪在仙人面前求饶道："伟大的主啊，请不要动怒！我只是在履行一个武士的职责。根据神圣的法律，我本应奔向那些渴求帮助的人。"

众友不屑于直接回答对方的问题，而是反问道："哦，大王，你要将礼物赐予谁？要保护谁，又要与谁战斗？"

"我优先将礼物赐予婆罗门，"国王回答道，"我保护受惊之人，与敌人战斗。"

于是众友仙人说道："既然你在履行你的职责，那么，作为一名婆罗门，我请求你赠予我应得的礼物。"

国王欣然作答："不论您想要什么，伟大的智者，我都将如约为您奉上，不论那是我的国家，我的妻子，还是我自己的生命。"

听闻此言，众友仙人让国王赔偿他一次即位礼祭的价钱。具体而言，他要求哈里什昌德拉将其全部财产让渡，只留下生命与思想，以及他的妻子和孩子。众友刚获得哈里什昌德拉的整个王国及其统治权，便命令原本的国王光着脚，穿着粗糙的树皮衣服，带着妻儿离开自己的国家。

国王唯唯诺诺地同意了对方的请求。可他准备离开时，仙人却执意让他付出更高昂的代价。国王求告说，除了一家三口的肉体以外，自己已经一无所有。然

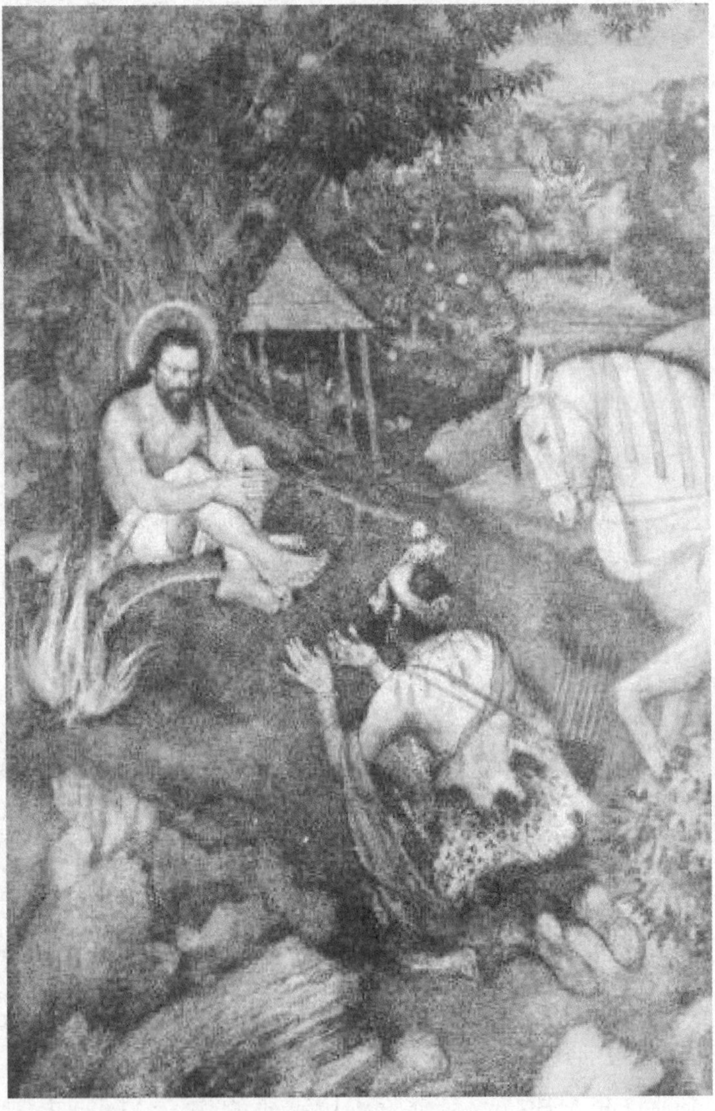

“不论你想要什么，伟大的智者”

而众友仙人依旧不满足，甚至警告国王说，如果赔偿得不够，自己会向对方下诅咒。被逼无奈之下，哈里什昌德拉请求仙人给自己时间，并承诺在一个月之内赚到足够的钱。众友仙人最终答应了他的请求，允许他安全离开。

于是，穷困潦倒的哈里什昌德拉带着妻儿离开了。看着昔日爱民如子的贤君被贬为庶民，人们的哀叹声三日不绝。“哎呀！我们的好大王啊！”人们叹气道，“您为何要离我们而去？让我们继续供养您，与您同在吧！我们的美好生活都仰赖您的统治。真是悲哀呀！我们的王后素来脚不沾地，现在却要光着脚、牵着孩子离开。您自己也一样，素来有仪仗队骑马乘象，云集景从，现在却形单影只、无所倚靠。你们接下来会怎么样呢？是被风尘淹没，被饥饿折磨致死吗？没有您，我们只是虚空的幻影。您是我们的父亲，我们的欢乐，我们的城市，我们的天堂！不要离开我们，最贤明的大王！”

国王为人民的反应深深触动。他在离开的路上走走停停，更多的是出于担心臣民的生计，而不是他本人的处境。众友仙人看见他的样子，愤怒地拦住了他，说：“我对你背信弃义的态度感到羞耻，你明明答应把国家送给我，却又总想着把它收回来。”

国王颤抖着，喃喃道：“我正要离开呢。”可仙人并不满足于他含糊的言辞，举起手杖猛烈地抽打起年轻的王后来。国王见此如坐针毡，却又实在无话可说，只能一遍遍重复："我正要离开呢。"

哈里什昌德拉、他的妻子萨依维娅和他们年幼的儿子离开故国后，一路走到了贝拿勒斯[1]。可众友仙人早就在此恭候多时。他义正词严地朝国王索要报偿，因为他们本来约定的一个月期限已到。

"哎呀，伟大的仙人，"哈里什昌德拉说，"还剩下半天时间呢，所以我求您了，再等一会儿，我就能偿清债务了。"

于是国王四处游荡，寻找赚钱的方法。可除了将妻儿作为奴隶卖走，他几乎找不到任何像样的收入来源。本来王后也想这样做，她认为，与其让夫君丧失诚信的美誉、承受仙人的诅咒，还不如自己卖身为婢来得妥帖。国王听了她的话后，满心担忧她的安危，竟惊得直接昏倒在地了。当他醒来后，也只得为自己害妻子流落天涯而感到羞耻，号啕大哭。望着夫君又一次昏倒，王后也为他沦落至如此悲惨的境地而悲从中来。对时运不济的悲怨迅速占据了她的内心，让她也和他一样，心力交瘁地倒在地上。年幼的王子正饥饿难耐，他看着自己彷徨无依的父母，哭喊着想要吃的。

这时，众友仙人赶到了他们身边，发现国王失去了

---

① 即今瓦拉纳西。——译者注

理智，便用冷水将他泼醒，催促他快点还钱。良久，看见仙人走了，国王朝周围大喊道："噢，大伙看看我！一个冷酷无情的怪物、披着人皮的罗刹，想要卖掉自己的妻子！如果有谁愿意将她买作奴隶，就快点跟我说，趁我还有口气！"

一个上了年纪的婆罗门说："我的妻子还年轻，在家务上需要帮助。对于你妻子这样年轻漂亮的女人，我完全可以付出足够的价钱。拿着这笔钱，把她交给我吧。"说着，他便把钱交给了国王，一把抓住王后，就要拽着她离开。小王子一直紧紧抓着母亲，婆罗门本想用脚把他踢开，可王后却央求他把孩子也一道买下来，因为没了孩子，她无法替他卖力工作。婆罗门便多付了孩子的价钱，背起王后和王子走了。就这样，哈里什昌德拉独自留在原地，埋怨着天道不公，竟使自己卖亲为奴，骨肉分离。

不一会儿，众友仙人来了。他收了钱，却仍不满意，反而斥责国王赚的钱太少。他保证哈里什昌德拉将获得婆罗门仙人的资格与能力，如果他仍坚信赔给他相当于一场大祭祀的钱。同时，他也提醒国王，约定的时间只剩下四分之一天，然后便带着钱走了。

找不到任何其他赚钱方式，哈里什昌德拉只好不情不愿地把自己当作奴隶，卖给任何肯出价钱的人。听到这个消息，一名旃陀罗——狡诈的法外流民——赶来了，他面目丑恶，步态蹒跚，言语粗鄙，手拿一只骷髅，身边群狗环绕，一副令人望而生畏的模样。国王看着他，吓呆了，连忙问他的名字。

“我叫普拉维拉，”旃陀罗说，“在城里，我杀倒霉蛋，扒死人衣服。”

国王听了他的自我介绍，觉得连自杀都好过给这个恶人做牛做马。可这时，众友仙人突然出现在他面前，命令他迅速把钱付清。国王竭力恳求仙人放自己一马，可对方充耳不闻，还说，他要么把自己以一亿枚金币的价钱出售给这个旃陀罗，要么就接受诅咒。一头雾水的国王只得接受第一个选择。于是，旃陀罗高高兴兴地将钱付给了众友仙人，把国王五花大绑，带着他回到了自己恶臭不堪的砖瓦房，一边走一边打骂。

在那里，他让落难的国王每天往返火葬场，收集死人的衣服。“不管早晚，你给我看看有没有。你拿的这些衣服，其中这些是我的，那些是你的奖赏。”

古印度的大型火葬场究竟有多可怕？除了印度本国的古老传说之外，没有谁能将那恐怖的场景描述得更加淋漓尽致：死亡的景象不堪入目，尸体的气味臭不可闻，死者家属的哭泣撕心裂肺，收尸的贱民面目可憎，还有令人毛骨悚然的野狗、豺和秃鹫到处觅食。遑论这些天然存在的恐怖事物，在那些传说里，也总有各种奇形怪状，满身血腥的魑魅魍魉聚集在死者周围，以惨无人道的方式进行地狱般的狂宴。

在这悲惨的地方，落魄的国王一边沮丧地回味着堕落前锦衣玉食的生活，一边逼着自己适应这令人作呕的工作——在死人堆上走来走去，捡拾死者的裹尸布，还要小心翼翼地与雇主分配那恶心的赃物。这可怕的工作环境好似一个诅咒，让国王从里到外彻底脱胎换骨，变成一个低贱的收尸人模样。一整天下来，他在这惨无人道的地方不情不愿地工作，直到筋疲力尽。睡着后，等待他的也只有无比诡异而惊悚的噩梦：在梦里，他看见自己经历了一次又一次痛苦的轮回，甚至落入比眼下更惨的境地，受尽折磨，悲痛万分。有时，他看见自己又一次生在帝王之家，却因赌博而丧失了王位，让妻儿白白蒙受奇耻大辱。这时，他耳边又响起众友仙人关于诅咒的警告。随后，国王惊醒了，思考着自己付出的时间、承受的苦难究竟值不值得、有没有结束。在向神灵献上祷告、祈求解脱之后，他又一次开始了那恶心的工作。

这一天，他的王后也来到了火葬场。她来埋葬自己被毒蛇咬死的儿子。夫妻俩都没有认出对方，因为我们都知道，国王的外表已经跟周围丑恶的收尸人别无二致了；而失去了丈夫的王后，此时也同样被悲伤、饥渴与流浪折磨得面目全非。王后一边沉痛地哀悼，一边抱着夭折的幼子靠近火堆。哈里什昌德拉注意到孩子身上的王室印记，不由地哀叹，究竟是怎样无情的命运，才会让这样幼小的孩子以如此残酷的方式死去。

王后一边抱怨自己命途多舛，一边斥责众神薄情寡义："失去了国家和朋友，妻子和孩子成了奴隶，哈里什昌德拉还有什么苦难没遇到过？真是天神走眼！"

听到这几句话，哈里什昌德拉立马认出了自己的妻子，大喊道："那真的是我的妻子和孩子！"激愤之下，他晕了过去。王后也认出了自己的丈夫，可就像对方一样，如今的她也早已饥渴交迫，奄奄一息。过了一会儿，他们终于能够站起来，痛苦地讲述起彼此遭遇的奇特经历。就算亲眼见到了自己夫君身上发生的巨大变化，王后也没能彻底理解他所承受的一切痛苦，她问他："哦，大王，告诉我，我们是在做梦还是醒着？你真的变成了我所看见的这副模样吗？如果那是真的，那么真理与正义都将毫无用处，对神灵的信仰也于事无补了。"

国王喘着气，结结巴巴地讲述了自己的情形。王后也流着泪，告诉丈夫孩子的死因。最后，受尽命运折磨的两人决定一同赴死。在将儿子的尸体放上火堆之后，国王和王后手牵着手，默念着万能的梵天的名字，准备一起走入火焰。

正当哈里什昌德拉默想着自己的终了时，法神达摩指引着因陀罗与其他众神来到他身边，呼唤起他的名字："噢！伟大的王，看着我们，真神与半神，圣人与贤人，那伽与乾达婆！众友仙人也和我们在一起，虽然他对你的恶意已三界尽知，但此刻，他也同样想见到你。"

于是，国王升上天去，加入了诸神的队列，与因陀罗、达摩和众友仙人展开对话。"高贵的哈里什昌德拉，"因陀罗说，"你将与你的妻儿一起升上天界高层，虽然这一目标极难达成，但是你们的德行已经证明了你们有资格。"

说着，甘霖与鲜花从天空飘落，天籁从四方响起，国王的小儿子起死回生，与父亲拥抱在一起，他的王后也恢复了往日的健康。因陀罗让他们升入天堂，但哈里什昌德拉仍然迟疑了一会儿，思索着他在人间的每一份微小的责任。

"诸神之王，"他说，"在我将收益付给我的雇主，那位旃陀罗主子之前，我是不会走的。"

见此，达摩解释道："你要知道，那旃陀罗就是我。我看见你的忧虑后，便化身为那个低贱的流浪汉，来试探你。"

接着，因陀罗再次召唤国王一家上天。虽然现在哈里什昌德拉有机会脱离无边苦海，但他从未忘记他过去所负责的、热爱着他的人民。他说道："请原谅我，诸神之王，我想回去抚慰我忠诚的子民。有他们在，我便不敢轻易离开人间。对国王来说，去民远众，罪莫大焉，这在古书上写得明明白白。如果他们能与我一道前往斯瓦尔加[1]，我将无比高兴；如果不能，那么我宁愿下地狱去和他们做伴。”

“想想他们的罪孽吧，”因陀罗说，“那可是千万人啊。”

“即便如此，”哈里什昌德拉答道，“国王能治国有方，除了凭自身导德齐礼，也同样依靠每家每户的有耻且格。因此，不论哪一项治国方面的美德，我都和我的子民们一同分享。同样，如果我有资格升上天堂，就请让他们也和我一道前往。”

“那就这样吧。”因陀罗、达摩和众友仙人都说。于是天人们朝国王的臣民带去了口信，告诉他们，他们都将与自己的君主一同升天。人们欣然接受，纷纷追随天人们的步伐，兴高采烈地登上一辆辆天国的马车。世人给予哈里什昌德拉崇高的赞许，因为他不仅以极大的耐心承受了仙人的愤怒、通过了艰难的考验；还不忘对子民的关爱，使他们获得了与自己一样的荣光。

*　　*　　*

只有一个人对这皆大欢喜的结局并不满意，那就是极裕仙人。作为哈里什昌德拉的家族供奉过的大祭司之

---

① 天界的高层之一，因陀罗的神国。——译者注

一，听说德才兼备的国王被盛气凌人的贾迪之子赶下王位，且一再纠缠不休时，极裕顿时怒不可遏。

“这样一位信仰虔诚、尽职尽责、慈悲为怀的国王，居然被那个暴发户推翻，还贬为庶民？是可忍，孰不可忍！”极裕仙人抱怨道，“就连众友咒死我的一百个儿子时，我都没像现在这样生气过！现在我要用诅咒堆死众友，让他变成一只苍鹭，这样才对得起他的铁石心肠。”

极裕仙人的诅咒并没有被化解。另一方面，哪怕修炼了数千年，成了梵仙的众友也实在没法对他多年的仇人以德报怨。于是，他愤怒地对极裕施以相同的诅咒，把他也变成了一只鸟。

就这样，两只庞大得难以名状的怪鸟飞上九天，展开了一场惊天动地的搏斗。在它们的巨翼掀起的狂风下，山岳都震动起来，丘峦崩摧；海水被整片掀起，怀山襄陵。无数生灵在这场动荡中覆灭，整个世界的人民都惶恐不安。

最终，诸神与万物之父梵天命令两只巨鸟停止争斗，正视整个世界遭遇的灾难，但它们根本不听劝告。于是梵天再一次靠近它们，解除了它们的化身，让两位仙人变回人形，劝慰道：“安静下来吧，尊敬的极裕仙人；还有你，仁慈的众友仙人！你们因内心的执念而斗争，却让整个世界都毁于一旦；你们对一决雌雄的执着，也严重损害了彼此的德行。”

在梵天的劝说下，两位仙人最终停止了争斗，面面相觑，羞愧难当。最终，他们带着爱与原谅拥抱了对方，并互相造访彼此的隐居之地，梵天也返回了他的居所。

从众友仙人和哈里什昌德拉的故事中，我们能看出，只要始终以坚毅与勇气面对困难，人就能实现一切理想；同样，只要以耐心与毅力面对挫折，人也总能经受住最严峻的考验，战胜最残酷的命运，并赢得上天的恩赐与敌人的尊敬。

罗摩和悉多的故事[①]

（一）

在古代印度斯坦的所有大小城市里，几乎没有一个名字能比阿逾陀城更令人心驰神往。阿逾陀是拘萨罗国的都城，这个国家土地肥沃、环境优美，国土方圆百里，处处周道如砥，还有一片片姹紫嫣红的花园和果园、一座座金碧辉煌的庙宇和宫殿。拘萨罗国地大物博，虽然人口众多，却人人丰衣足食。阿逾陀城的城墙固若金汤，守城的军队不仅体量庞大，还英勇善战。这里还居住着许多知识渊博、思想开明的婆罗门祭司。

这个伟大王国的统治者是十车王，他出身于太阳王族[②]。在十车王贤明的统治下，拘萨罗国百姓安居乐业，国内政通人和，路不拾遗。各大种姓的人民都各安其

---

① 本故事出自《罗摩衍那》。——译者注

② 与罗摩世系的“太阳”相对，《摩诃婆罗多》中的婆罗多族也被称为“月亮王族”。——译者注

所，恪尽职守，并忠于婆罗门的领导；而这些婆罗门的首领，正是伟大的王家大祭司极裕仙人。十车王有三个妻子：乔萨丽雅、吉迦伊和须弥多罗。然而他们并没有儿子。因此，国王的贤德恐怕有人亡政息之危。

为了终结自己多年的远虑，国王决定举行著名的“马祭”典礼，以祈求神灵帮助自己获得子嗣。他的决定获得了大臣们的支持，他们马上开始准备祭礼。一位位高权重的异国苦行僧被请来担当主祭。在极裕仙人的监督下，一切都顺利准备就绪。许多国王和王子都来了，迎接他们的是盛大的排场与尊贵的礼节。根据神圣法律的安排，在国王批准决案的一整年以后，庄严肃穆的祭典正式开始举行。祭祀的场所位于阿逾陀城的母亲河——萨拉育河畔。依照礼俗，国王的正妻乔萨丽雅将祭品杀死，并在祭祀之地过夜。仪式结束后，十车王将大量金银财宝分发给参与祭典的婆罗门们，他们告诉他，神灵已经保证赐予他四个光荣的儿子。

现在，让我们把目光转向另一个地方，虽然它与十车王的祭祀风马牛不相及，但二者的未来却紧密相连。

在遥远南方的楞伽岛——也就是后来的锡兰[①]——居住着魔王罗波那，他是恶鬼罗刹一族的王。这个魔鬼的强大与恐怖，足以令阳光黯淡、海浪止息、空气凝滞。

① 即今斯里兰卡。——译者注

众神一见他，就纷纷聚集在创世大神梵天身边，恳求他寻找一种办法，来阻止这个邪恶的魔王征服世界的野心。梵天回答说，罗波那曾向他求得一次神恩，神力加持下，他无法被任何神灵、半神或恶魔杀死。只不过，骄傲的魔王却一时疏忽，忘了许愿自己不被人类杀死。听闻此言，秩序之神毗湿奴挺身而出。接受了众神的敬意后，毗湿奴向他们宣告，自己将转世为人，以人类之躯杀死那个魔头。众神都为毗湿奴的计划高呼喝彩，他们唱着赞美的诗篇，准备帮助他实现这一目标。

于是，毗湿奴降临人间，化身为一头怪兽，从十车王的祭祀之火中现身。那怪兽体型庞大，通体漆黑，浑身长毛，状如雄狮，拿着一只装满液体的金瓶。在它的命令下，国王将瓶中的液体分给自己的三个妻子，正宫乔萨丽雅分得了半瓶，其他两位王妃则各得到四分之一瓶的分量。

过了很久，预言中四个一生荣耀的王子终于诞生了。乔萨丽雅的儿子罗摩拥有毗湿奴的一半神力，吉迦伊的儿子婆罗多拥有四分之一，而须弥多罗生下的双胞胎——罗什曼那和设睹卢祇那——各自拥有八分之一。四位王子一同出生在一个吉祥的时节。长大后，他们都拥有强健的体魄，也精通《吠陀经》与各种武士必备的技艺。

年复一年，王子们飞快地成长。许多年后，他们的父王着手替他们安排婚事。这时，名扬天下的众友仙人来到了阿逾陀，请求国王帮助他完成一项任务。十车王素来喜欢与贤者们互助，也毫不犹豫地答应了。众友仙人详细陈述起自己的难处：原来，他一直苦于一些魔鬼的阻挠，无法顺利实行某种宗教仪式。虽然众友自己也能咒杀这些恶魔，但他更希望让武士代劳。最后，众友请求十车王，让他的儿子罗摩替自己消灭敌人，只要有仙人的襄助，他一定能毫发无损地完成任务。当时罗摩只有十六岁，国王十分担心他的安危，便拒绝了这一请求。众友仙人勃然大怒，警告国王说，背信弃义的行为将让他身败名裂。极裕仙人也劝国王遵守诺言，放罗摩走。众友还说，他通晓许多神兵利器的秘密，并将把它们的驾驭之法传与罗摩。国王最终同意了他的请求。就这样，全副武装的罗摩带着他的弟弟罗什曼那踏上了征途。最后，他彻底消灭了所有的恶魔，赢得了人生中第一次战斗的胜利。

战斗结束后，众友仙人建议罗摩兄弟去弥萨罗国，看看遮那竭国王的神弓。当年湿婆嘉许遮那竭虔诚的信仰，将这张弓作为礼物赠予了他。它的弓弦牢不可破，甚至连魔鬼和半神都无法拉开。对此，国王向世人宣告，只要有人拉开神弓，他便将自己可爱的女儿悉多公主嫁给他。为了拉开神弓，两位王子和他们的随从们来到了弥萨罗。在那里，国王和他的大臣们听闻贵客到来，也亲自以崇高的礼节欢迎他们。

同时，从婆罗门萨塔南达那里，罗摩兄弟俩听说了众友仙人早年的求仙事迹，以及他修行路上与极裕仙人的多次明争暗斗。在当时，那些故事都早已广为流传。

第二天，遮那竭让人把神弓拿到罗摩兄弟面前。许多王公贵族都试图拉开它，但都以失败告终。这把神弓硕大无朋，得靠几个壮汉拉着人力车才能抬得动。可年轻的罗摩一见到神弓，便轻而易举地举起了它，并装上了弓弦，周围成千上万的观众都看呆了——

> 他瞄准目标，拉开弓弦，
> 无敌的神弓，裂成两半。[①]

神弓断裂的声响穿云裂石，震撼四野，将所有观众都震得呆若木鸡。

依照约定，遮那竭国王将他的女儿悉多许配给拉断神弓的罗摩，并派使者去阿逾陀，请十车王来证婚。十车王听闻儿子喜结良缘，立刻盛装前往弥萨罗。在那里，他受到了遮那竭的热情款待。遮那竭的弟弟、另一个国家的国王顾撒杜瓦伽也被请来了。由于这次婚事标

---

① 本文中引用文字均出自蚁垤仙人(Valmiki)著《罗摩衍那》，格里菲斯(R. T. H. Griffith)译，1870年出版。

罗摩拉断了遮那竭的神弓

志着两国结为秦晋之好，夫妻双方的家人都在各自的朝臣陪同下出席。极裕仙人将喜讯告诉了罗摩，遮那竭也告诉了自己的大臣们。为了好事成双，遮那竭还把他的另一个女儿乌尔米拉嫁给了婆罗多，把顾撒杜瓦伽的两个女儿嫁给了罗什曼那和设睹卢祇那。

筵席上，他们竖起了带有华盖的几案，摆上了黄金的水壶、水勺和香炉，盛着大麦、米饭和其他丰盛的美食。按照规定的仪式，极裕仙人在场地中央点燃圣火，将祭品投入火中，献给众神。然后，遮那竭带着悉多走上前来，把她交给罗摩。从此，她将成为一位顺从的妻子，与丈夫形影不离。其他几对王子和公主也以相同的方式完成了结为夫妇的仪式，两两绕着圣火行走三圈。甘露与天籁降临在他们头顶。

随后，十车王和他的儿子们带着新娘回到了阿逾陀，人民欢歌笑语，夹道相迎。几天后，婆罗多和设睹卢祇那被请去看望他们的舅舅胜战王一季度，而罗摩和罗什曼那则留在阿逾陀。从此，罗摩开始随父监国，他的统治获得了百姓的一致赞许，掌握的权力也逐渐扩大。至于美丽的悉多，以及她和罗摩的感情——

她爱他，因为她的父亲，
尊重她，让她做出决定。
他爱她，因为她充满魅力，

还有她，与日俱增的贤惠。
她的君主，与第二次生命，
已融化进，他妻子胸膛里。
即使分离，以两种姿态；
两颗心灵，仍交流无碍。
……
于是这，荣耀的乔萨丽雅之子，
有了那，光彩照人的妻子陪伴。
就像那，众神礼赞的毗湿奴，
总有着，吉祥天女[1]在他身边。

（二）

后来，十车王日渐年迈，国家大事的重担压得他喘不过气。于是，他决定将心爱的儿子罗摩立为储君。全国人民都称赞这一决定，因为他们早已切身感受到，罗摩拥有举世无双的武艺、温柔敦厚又崇尚正义的性格、爱民如子的胸怀以及其他贵若天神的美德。就连吉迦伊和须弥多罗都没有让自己的儿子取而代之的想法。

在国王授意下，皇家的祭司们都开始准备罗摩那普天同庆的加冕仪式。他们准备好了皇家的大象、虎皮与

① 毗湿奴的妻子。一说悉多本人即为吉祥天女转世下凡。——译者注

白色华盖，以及给贵宾们准备的赠礼和食物，随时都可以举行典礼。可千虑一失，十车王自己却忽然生病。他卧床不起，被各种噩梦与凶兆纠缠不休。这场宏大的庆典被选在一个适宜罗摩的良辰吉日举行。当天，他和悉多将一起斋戒，并一同在一片神圣的草地上过夜。极裕仙人过来引导罗摩完成了斋戒和冥想，随后，罗摩按照指示在草地上睡下，并在最后一个人守夜时醒来，沐浴，装饰房间，穿上丝绸长袍，完成了这重要日子的职责。只不过，不论对他自己，还是对阿逾陀城的百姓来说，这一天的后续影响，都完全不似想象中那般积极正面。

吉迦伊宫里有个驼背侍女名叫满撒拉，她从小和王妃一起长大。当时，她从台阶上看见罗摩登基的欢乐情景，便询问罗摩的保姆，得知了这一庆典的来由。这个侍女的性格像外表一样扭曲，她素来对罗摩怀恨在心。在得知他即将成为储君与摄政王后，她立刻怒火中烧。满撒拉迅速找到了女主人，将她叫醒，朝她哭诉道：“哦，王妃啊！为什么您还要睡觉？起来吧，你将遭遇严酷的险情!”

王妃睡眼惺忪地醒来，询问何事如此危险。“您所爱的人，”侍女回答道，“他对您和您的儿子全是虚情假意。那国王如毒蛇般狡诈，他送走婆罗多，只为罗摩能名正言顺地继承王位。快起来吧，否则您将完完全全地成为乔萨丽雅的附庸！”

然而当时的吉迦伊心里对罗摩和乔萨丽雅并没有什么恶意。在听见这所谓的“坏消息”时，她反而十分高兴，并给了侍女一颗宝石，作为她打扫卫生的奖励。她说，罗摩对她来说就像自己的亲儿子婆罗多一样重要。

侍女对此感到十分不满，反手便把宝石扔在地上，愤懑道：“哦，我的王妃！您真是愚蠢至极！您以为如梦似幻的好事，其实将后患无穷！说真的，我正为您儿子的未来胆战心惊。他现在是仅次于罗摩的第二顺位继承人，这样的处境非常危险。您自己也一样，一旦罗摩继位，您便将被乔萨丽雅彻底踩在脚下！”

出于对罗摩的爱，王妃愈发觉得侍女的语言刺耳。她说，罗摩是世界上最好的人，他不会伤害自己的弟弟，对她也如对自己的生母般忠心耿耿。然而侍女的恶意仍未有丝毫减退，她再次以低贱的言语朝王妃进谗言：“您要清楚，一旦罗摩继位，婆罗多将被赶出国门。而乔萨丽雅——你曾经蔑视过的人——又怎么会随随便便放过失了势的冤家对头呢?”

就这样，侍女对吉迦伊一再重复这些谎言，直到她心中燃起妒火，决定将罗摩放逐出境。王妃问侍女，这目标该如何达成。这时，满撒拉终于向她推出自己蓄谋已久的计划：

“从前，您治好了十车王与恶魔搏斗时留下的伤痕。

作为回报，他曾许诺帮您实现愿望——不是一个愿望，而是两个。所以，您应该让国王回想起他的誓言，叫他把罗摩放逐到森林里——放逐两次，每次七年。有了这十四年时间，您的儿子便能在国内树立起威望，不用再担心被任何人推翻。赶紧去国王的病房，伏在地上向他乞求，拒绝一切享乐，直到国王答应你为止。只要您胆子大些，脸皮厚些，一切便尽在掌握。”

在未来无上荣光的诱惑下，吉迦伊听信了侍女的谗言，并称赞了她缜密的计划。不仅如此，由于盲信自己未来将获得的荣耀，她甚至夸赞这驼背侍女的长相，并答应她，有朝一日，只要婆罗多能代替罗摩成为国王，她便可获得数不尽的金银财宝与华服美饰。

说罢，她立刻抛下身上的所有珠玉首饰，卧倒在国王黑暗的病房地板上，等待着关键时刻到来。

破晓时分，十车王终于准备好了一切，想要和心爱的吉迦伊谈论起新的一天即将发生的种种欢乐之事。他穿过可爱的娱乐场所，来到她最喜爱的住处，可她平时最爱睡的床垫上却空无一人，往日能时不时窥见她倩影的闺房也空荡荡的。这时，满撒拉出现在他面前，双手合十向他述说，王妃正在病房等着他，心里悲痛万分。国王对此十分感动，连忙找到了痛苦的王妃，愿意倾听她的诉说。然而，在国王做到正式履约，真正决定帮她实现愿望之前，吉迦伊都三缄其口。看着美丽的王妃有苦说不出的委屈哀伤，国王以自己全部的德行发誓，一定要替她实现一切愿望，哪怕是为她献上自己的心脏。

看见国王上了当，吉迦伊满心欢喜，答道："众神作证！让日月星辰、天地万物铭记我的誓言！哦！大王，你要记住！在你被恶魔所伤时，是我延续了你的生命，于是你允许我向你求一个愿望。我现在向你请求，让罗摩与你分离，让他作为隐者在森林里生活十四年，让我的儿子婆罗多代替他继承王位。如果你不答应，我便将死于今日！"

一开始，国王丝毫没察觉自己失去了理智，因为他已经惊呆了，就像雄鹿遇见了雌虎。他不清楚自己究竟是在做什么怪梦，还是陷入了某种狂热。可迟疑片刻后，他却发现，自己早已不由自主地听信了那狡诈的陈述。这让他羞愧得泪流满面，惊恐得摔倒在地。他彻底丧失了自我，一个劲地乞求王妃答应自己收回那尚未兑现的诺言。他赞美她的美貌和贤德；他强调罗摩继位的正确性、他和悉多婚姻的美满，以及全国人民对他的期望；他反复申述，如果没了罗摩，自己等于被抛弃。可这一切都终究于事无补。王妃只是说，如果他不答应，自己马上就会在他面前饮下毒药。看见十车王又一次被惊吓住，她恬不知耻地问他为何失去理智，忘记了曾经答应过的话。国王站起身后，终于勃然大怒，宣布吉迦伊不再是他真正的妻子。

与此同时，极裕仙人叫十车王迅速通知罗摩赶来，因为现在正是最吉祥的时刻。他派首相修曼德拉驾着两马战车前去寻找王子，罗什曼那也手持王室专用的牦牛尾拂尘站在他身后。罗摩赶到后，看见自己的父王正和吉迦伊坐在一起，互相毕恭毕敬。可不幸的是，国王除了自己儿子的名字外，几乎什么都说不出来。吉迦伊冷酷地解释道，十车王现在并没有生气，只是为自己曾与她许下的一个约定而后悔。只要罗摩肯做父王叫他做的任何事情，她就告诉他约定的具体内容。

罗摩立马答应道，只要父王一声令下，他哪怕肝脑涂地，都必将完成任务。于是吉迦伊说，国王要他到森林里隐居十四年，并把王位让给婆罗多。罗摩恭顺地接受了父王的命令，只是问了一句，等他回来，父王是否会不再欢迎自己。眼见自己做出了如此伤天害理的决定，国王心如死灰，又一次丧失了知觉。

罗摩以最温和的语气将自己被放逐的消息告诉了母亲和弟弟。听闻此言，乔萨丽雅伤心欲绝，罗什曼那怒火攻心。罗摩的母亲哭喊着，自己还不如不生孩子就死去；而罗什曼那则决定谋反，甚至打算弑杀父王，只是没有付诸实际行动。对此，罗摩耐心地加以劝慰。对乔萨丽雅，他恳请她不要自杀，也不要随他离开国都。没了她，国王必将伤心欲绝；而女人的喜怒哀乐，也离不开丈夫的相依相伴。在儿子有理有节的劝说下，乔萨丽雅放弃了轻生的念头，祝福他一路平安。可纵使木已成舟，罗什曼那也仍未放弃叛逆之心。在他看来，不论是面对不公正的法令，还是承受不可控的命运，罗摩当即屈服的行为都无比幼稚且毫无价值。

最后，被废黜的太子将自己即将离开的消息告诉了妻子。在面对她时，他尽可能地让自己的语气显得柔和。他只告诉她，自己一个人要到森林里去；让她为自己的安全祈祷，也帮忙照顾好婆婆。对此，悉多五内俱焚，她说，她必须与他同行，因为没了他，她将无依无靠，生无可恋。

想着森林里的生活充满了危险与不测，罗摩只得又一次请求她留下。“森林里，”他说，“到处是狮子、野象和其他野蛮的怪物。深不见底的河流里满是鳄鱼。满地冰冷的落叶将是你唯一的床垫。每天醒来，你周围都满是灌木丛，里面藏着毒蛇和蝎子。所以，我的爱人，如果你还是明智的，就请留在城市里！”

可悉多含着泪回答道：

就算那森林危机四伏，
就算那命运艰难困苦，
只要我对你心怀爱意，我主，
我们便总能化险为夷。

“只要你在我身边，一切苦难都不再是问题。既然我嫁给你，成为你的妻子与协助者，那么，给予你忠实的助力便是我通往幸福的道路，不论现在还是未来。可你要知道，如果你拒绝了我的请求，那么我将终结自己无法与夫君一同分享的生命，以火焰、毒药或深水。”

聆听了妻子无数次这样的恳求后，罗摩最终同意悉多随行。在悉多将财产分给一众婆罗门和仆役后，夫妻俩踏上了旅途。随后，由于自己起义的计划找不到支持者，罗什曼那也决定与他们同行。一开始，罗摩并不愿意带上弟弟，可最终他还是同意了，并让罗什曼那掌管随身的武器。

倘若真要事无巨细地描绘尽罗摩夫妇离开阿逾陀的全过程，那么以下事件都将占用极长的篇幅：国王夫妇与他们的孩子之间的交流；出走的罗摩三人与修曼德拉、极裕仙人之间的交流；王都的人们为罗摩离去而感到的悲痛；以及他们随之而来的懊悔。在所有人中，只有吉迦伊厚颜无耻地表现出无比高兴的态度。为此，脸色铁青的极裕仙人严厉指责了她。

转眼间，离开的时间到了，罗摩和他的两名追随者走出了阿逾陀的城门。三人离开的第一天，人们仍簇拥在他们周围，夹道相送的队伍一直追到了他们晚上露营的河岸边。第二天，他们起早贪黑，趁着其他人睡觉之际渡过了河。追逐他们的人们迷失了方向，一个个哭着回家。随后，罗摩一行人顺着水流迅速穿越了拘萨罗国土，跨越了戈默蒂河[①]，朝阿逾陀城凝望了最后一眼，挥泪告别了自己的故乡。

在水流湍急的恒河边，尼奢陀国的国王古哈发现了他们，忙派船队来接应。随后，他们来到了亚穆纳河——即如今的朱木拿河——汇入恒河的地方，这里有一座名为阿拉哈巴德的圣城，是印度世界赫赫有名的朝圣之所。两条河的交汇处住着一位仙人，罗摩和他的同伴们拜访了他，他建议他们去吉德勒古德——“五彩山峰”——隐居。听了仙人的建议，他们第二天便动身出发了。到达目的地后，罗摩让罗什曼那建造一座树叶做顶的茅屋，向众神献上祭品请求好运。这五彩山峰的风景美不胜收，一来到这里，被流放的三人顿时忘记了自己受尽屈辱的命运。

罗摩三人走出国门后，修曼德拉首相便离开他们，回到了阿逾陀。城中的所有人都既悲哀又恐惧，因为他们失去了那个为他们带来光明的男人。在国王答应了吉迦伊的恶毒要求后，王室内部的钩心斗角越来越多。十车王本人心知肚明，自己的愚蠢在于无条件地答应了吉迦伊的请求；可感情上，他却宁愿将自己今日的错误视作对过去犯下的罪孽的报应。曾几何时，年轻时的十车

① 恒河的一条支流。

王带着弓箭去打猎，误把陶罐装水的声音当成了大象的脚步声，一不留神射死了取水的人。那是个年轻人，是一对老夫妻的儿子。当十车王把取水人的死讯告诉他们时，老父亲诅咒他死于对儿子的悔恨。不久后，两位老人便归天了。于是现在，十车王认为当时的诅咒已经实现。他的感觉越来越迟钝。终于，在宣布吉迦伊是整个王室的敌人之后，他彻底断了气。

在新寡的王后结束了哀悼后，极裕仙人立马提议召见婆罗多。信使及时赶到了胜战国王的王都，婆罗多和设睹卢祇那正居住在那里。

信使到达的前一天晚上，婆罗多做了许多恐怖的噩梦。有一次，他梦见自己的父王脸色苍白，衣冠不整，从山顶一路跌落进粪坑；还有一次，他梦见国王穿着奇装异服，坐着驴车朝南驶去，被一个恶鬼嘲笑着。婆罗多从梦里感到了不祥的预兆，他知道，父亲或某个兄弟已经命不久矣。

正当婆罗多在舅舅的王宫里谈起这些事情时，阿逾陀的信使到了。听到召唤自己回国的消息后，婆罗多立马准备好车马，告别了众人，快马加鞭奔回了故乡。一路奔驰七天七夜后，他们终于看见了阿逾陀城。在往常，阿逾陀城周围往往环绕着低沉的响声，可现在，归来的王子却听不到这种声音。看着城门的模样在眼前逐渐清晰，他走进城，感受到的只有越来越深的恐惧。街道和房屋周围都没有守卫，街上来往的行人都垂头丧气，迈着悲哀而迟缓的步伐。满心沮丧的婆罗多回到了吉迦伊的宫殿，与她拥抱，随后向她询问父王的消息，却发现他已驾崩。为了不让儿子难过，吉迦伊竭力掩饰；婆罗多追问之下，却发现罗摩已经被流放进了森林，而自己的母亲正是罪魁祸首。于是，他当众宣布她是杀害父亲的凶手，是披着人皮的恶魔，必须流放到森林里去，或处以火刑、绞刑。

听闻吉迦伊的儿子回国，乔萨丽雅派人叫他到自己身边来。她悲愤交加地痛骂婆罗多，指责他通过母亲的诡计获得了罗摩的王位。对此，婆罗多只得跪在地上，咒骂了导致罗摩被放逐的所有人。王后见他态度诚恳，怒意少解，便重新欢迎他的归来。

依照国君之礼埋葬了十车王之后，婆罗多和设睹卢祇那悲哀地谈论着他们巨大的损失。这时，侍女满撒拉浑身穿金戴银，浓妆艳抹地走过，看了他们一眼。两兄弟立马抓住了她，设睹卢祇那先发制人，准备狠狠抨击。可他的哥哥却说："要不是我不能杀女人，我早就把你杀了。如果让罗摩知道这个驼背婆娘被杀了，他一定不会高兴。"于是他们把她赶走了。

这时，百姓们都赶来劝说婆罗多继承王位，可他一再拒绝。婆罗多认为，应该派军队把罗摩从森林里迎回来登基，而他自己则承受流放的处罚。人们都赞成这个英明的决定，对婆罗多致以崇高的敬意，并马上将其付诸行动。一切都准备就绪后，浩浩荡荡的平民队伍也尾随军队出发。在恒河岸边，古哈国王看到如此庞大的人群，以为是婆罗多派他们来杀了自己并搜捕罗摩，顿时义愤填膺，打算用武力阻止他们过河。当他知道了婆罗多到来的真实目的时，激动得朝对方喊道："哦，王子啊！我要祝福你！希望全世界都不知道我曾与你作对！"

第二天早上，古哈国王派了五百艘大船，载着婆罗多的人马渡过了恒河，来到了罗摩曾拜访过的圣人隐居处。那圣人朝极裕仙人敬了礼。在和婆罗多交谈之后，他说："你们为什么在这里？我不了解你们来此的目的。我只知道你们的兄弟被流放了两次，十四年，你们为什么还要带着这么多能伤害他的人来找他呢？"

"根本不是这样！"婆罗多懊悔地喊道，"如果我真的有过如此邪恶的想法，那只能怪我一时迷失自我了。我无法原谅我母亲罪恶的决定，以及我自己愚蠢的嫉妒。我只是来寻求我兄长的宽恕，让他找回属于自己的王位，让我代他受过。所以，请告诉我他在哪里。"

圣人对婆罗多的回答十分满意，告诉他，罗摩隐居于吉德勒古德。他还邀请王子的军队来家里，要好好款待他们。圣人通过法力与祈祷变出了各种各样的美食与饮料，让将士们大饱口福。他还让乐神奏乐，让天女在婆罗多和他的属下们面前起舞，歌舞让王子心醉神迷，甚至差点儿让他忘记了前行与回家的道路，只想留在圣人的住所。

第二天，婆罗多命令众将士继续前进。临走前，他们对圣人盛情款待表示感谢，三位王妃也朝他行了告别礼。这时，周围的士兵谈论起吉迦伊的罪过，婆罗多立刻气得满脸通红。仙人叫他控制自己的脾气；并且说，罗摩的流放终将让所有人因祸得福。

快要到达吉德勒古德时，他们通过炊烟辨认出了罗摩的住所。婆罗多离开大部队，只和修曼德拉一起走上前去迎接自己的兄弟。

却说被流放后不久，罗摩十分享受与爱人悉多一同探索吉德勒古德的各种美景。这里的山峰五光十色，森林中花果遍地，野兽也并不凶猛，山间清泉流淌，四处鸟鸣啁啾。这样的美景中，罗摩和悉多的心都变得平静下来，不再执着于回到阿逾陀夺回王位。

这天，罗摩带着悉多来到了宽阔的曼达基尼河畔。河上点缀着许多小岛，野鸭和仙鹤在河里游来游去，大群的野鹿在河滩上吃草。忽地，婆罗多的军队一路鞺鞺鞳鞳地赶来，掀起滚滚黄沙，鸟兽纷纷逃窜。躲在一棵树上的罗什曼那老远就看见一群群的人、马和大象，并从大群人马中辨认出了婆罗多的样子。就像古哈国王和仙人一样，罗什曼那一开始也以为，婆罗多率领如此大的军队前来，是为了彻底终结罗摩的性命，以断绝他争夺王位的可能。他心头立刻升起无明之火。他当即对罗摩厉声喊道，他们必须奋起反击，只要他们反抗了，婆罗多根本不是对手；而始作俑者吉迦伊的阴谋也将败露，罪人的鲜血将染红吉德勒古德的山坡。

罗摩跟以前一样智慧、勇敢而正直，他说：“在我决定依照父王的意志来到这里之后，兄弟，我又能得到什么呢？我想，婆罗多只是来跟我们示好的。他从来没有伤害过你。而且我怀疑，哪怕你再想要，就算有我的命令，他也不会把王位让给你。”

听到这些话，罗什曼那停止了不理智的愤怒，说道：“那么我们的父亲也来看我们了？”可罗摩对此表示怀疑，因为他只看见国王的大象，却看不到他的华盖。

婆罗多终于找到了兄长的栖居之地。在确认自己的路线准确无误后，他让极裕仙人带三位王妃出来，而自己则快马加鞭，赶向罗摩的住所。罗摩的房子树叶封顶，茅草铺地，他穿着树皮衣裳坐在房子里，身旁是悉多和罗什曼那。看见两位王子的房屋如此简陋，婆罗多惊呆了。罗摩也没有马上认出自己的弟弟，因为婆罗多早已因焦虑与沮丧而日益消瘦。他们有那么多想说的话！罗摩不住地询问阿逾陀城百姓的情况，而婆罗多也再三地恳请王兄回到王都，成为新王。直到最后，婆罗多才终于说出国王已死的噩耗，作为逼迫罗摩回国登基的最后手段。听到父亲的死讯，罗摩仿佛被斧头砍倒的大树一般，下意识地跪倒在地。然而再次站起来时，他却哭着说："哪怕刑期结束，我都不会回到阿逾陀去。"兄弟三人和悉多一起替逝去的国王举行了葬礼，并为他深深哀悼。他们幽远的哭声余音绕梁，让整个大军都悲从中来。

极裕仙人也带着三位王妃来到了他们身边，她们伤心地看着罗摩居住的简陋环境，哀叹不公的命运竟让一位王子沦落至此，还让罗什曼那做起了仆人的工作！

第二天清早，兄弟三人在大军面前相遇，罗摩和罗什曼那很好奇，婆罗多究竟对兄长有什么话要说。吉迦伊之子镇定自若地说道："我的母亲将整个王国托付给了我，我必须把它交给你，接受它吧，只有你能承受这份尊贵！"

罗摩却回答："看开点吧，兄弟，不要和命运做斗争，因为没有人能战胜它。我对父王的诺言无法收回。对于他的逝去，我们也不应该过度悲伤。凡人终有一死，父王也不例外。但他已寿终正寝，又建立了丰功伟绩，足以赢得升上天堂的资格，因此我们不必过分哀悼。你回到阿逾陀去继承王位吧，我要留在这里执行父王的命令。"

婆罗多被兄长的忠孝节义所感动，说道："哦，敌人的征服者！你宠辱不惊，世上又有谁能与你媲美？你应当继承王位，因为当我们的父亲屈从于我的母亲时，他已垂垂老矣；而刹帝利的责任也让你拥有这份权力。如果你拒绝的话，我将与你一道留在森林里。”

在场的所有人都赞成婆罗多的话语，并与他一道请求罗摩回国。但是罗摩仍然没有回心转意，哪怕在形式上赞许了兄弟的高风亮节。这时，一个名叫贾瓦力的婆罗门走上前来，说道，斯人已逝，他们留下的话语也就再也没有了约束力，希望以此说动罗摩。意志坚定的罗摩反驳说，他这番言语是信仰不虔诚的表现。贾瓦力解释说，这只是为了测试罗摩的信仰；并且，自己也同样讨厌这种不虔诚的行为。

最终，婆罗多与罗摩达成协定，婆罗多返回阿逾陀，但要带走罗摩的凉鞋，以此作为信物昭告大家，自己是在作为罗摩的代理人统治国家。在拿到凉鞋后，他悲伤地挥别了罗摩；然后，他将凉鞋放在头顶，表示已经取得了罗摩的信任，登上马车，踏上了回国的路。在按时回到阿逾陀后，他将凉鞋放在了约定的位置，自己则住进了王都东面的一个小村庄里。

婆罗多走后不久，罗摩和悉多从附近的隐士那里听说，周围的居民正被一群凶恶的魔鬼所困扰，他们以阻碍虔诚信仰者的一切行为为乐。在隐者的劝说下，罗摩和他的妻子收拾行囊，随之一道前往丹达喀森林。然而在这里，他们的生活依然免不了风风雨雨。就在罗摩和罗什曼那的眼前，一个名叫韦拉达的恐怖罗刹抢走了悉多，还声称梵天的恩赐让他刀枪不入。兄弟俩与韦拉达战斗了很久，都没能伤他分毫；当他抓住他们、想要把他们带走时，罗摩和罗什曼那却折断了他的双臂，把他死死按在地上。最后，两兄弟把他活活葬送在了土里。

从一个隐居地到另一个隐居地，他们无忧无虑地度过了十年。在此期间，他们拜访了许多智慧的仙人，每次都停留个把月，以欣赏这些栖居之地幽静的风景，像是那些花团锦簇的树木、人畜无害的野兽和歌喉动听的鸟儿。最让他们高兴的，莫过于和极裕的孪生兄弟投山仙人在一起时的经历，他给予了他们许多有用的建议和莫大的鼓励。投山仙人告诉他们，过去所做的一切都会转化成未来的报应，并推荐给他们一片名叫潘查瓦蒂的安详林地，那里离他自己的隐居地不远。他们来到了这里，并把自己的隐居之处选在戈达瓦里河畔一个美丽的地方。在这里，他们建立了一座简朴却舒适的住宅，定居下来，生活无比惬意。

然而，没过多久，重大的危机便将接踵而至。

（三）

这天，当罗摩和悉多、罗什曼那正闲坐时，罗刹之王罗波那的妹妹苏里帕纳卡从一旁经过，她突然对这位英俊的王子一见钟情。只是她想到自己性情阴郁，容貌又丑陋，便有些犹豫，是否该上前劝说罗摩抛下悉多，与自己成婚。一开始罗摩只是打趣地叫她追求自己的弟弟，罗什曼那也只当这是个玩笑。可是这罗刹女一听便恼羞成怒，竟然朝悉多扑打过去。罗摩见状，迅速拔出宝剑砍掉了她的鼻子和耳朵。苏里帕纳卡感觉受了屈辱，尖叫着逃之夭夭，向自己的兄弟伽刺寻求帮助。伽刺派了十四个巨人罗刹去帮姐姐报仇，结果罗摩把他们都杀死了。苏里帕纳卡把巨人被杀的消息带给了伽刺，对他威逼利诱，要他亲自杀死她的敌人。

伽刺叫来了自己的另一个兄弟杜萨纳，并让他组织起一支罗刹大军。行军途中，伽刺一行遇到了许多不祥之兆，可这个巨大的魔鬼正怒气上头，对此视而不见，仍坚持行进。他发誓，一定要让自己的姐姐喝上罗摩和罗什曼那的鲜血。

神灵、仙人和其他天上的居民都聚集在一起，观看战斗的场面，并祝福罗摩胜利。只见伽刺率领着罗刹大军，大吼着冲上前去，从四面八方将罗摩包围。罗摩祭出一件神奇武器，让天空中落下暴雨般的飞镖与箭矢，射死了成千上万的恶魔。杜萨纳愤怒地冲入阵地，与罗摩一对一搏斗，却在对方的强大力量面前败下阵来，很快就被杀死。最后，伽刺本人克服了对兄弟之死的恐惧，冲上前去用弓箭将罗摩射成了筛子。但就在同一时刻，浑身挂彩的罗摩也射死了伽刺的战马和马车夫，还射伤了他本人。紧接着，伽刺举起一把战锤，以闪电般的速度朝罗摩砸去，可罗摩将它挡在半空中。等战锤落地时，它已变得软弱无力。在愤怒地搏斗了几回合过后，罗摩逐渐占了上风。

从身后，他抽出一支利箭，
那锋利，没有生命能阻拦。
箭杆上，光耀如熊熊烈焰，
铭刻着，众神与物主梵天。
因陀罗，无边天空的主宰，
将宝器，亲自送他手中来。

在这件神器的威力下，那魔族的勇士倒下了。天上的乐手们敲锣打鼓，仙人们向胜利的一方致以崇高的敬意。

被打倒的罗刹里，只有一个活着逃走了，他的名字叫阿坎帕那。阿坎帕那把伽刺兄弟战败的消息带给了自己的君主罗波那，并建议他不要与罗摩产生正面冲突，而是抓走悉多。

记住，要抓走他心爱的妻子，
这样，他必将在苦痛中度日。

听到这个计划，罗波那十分满意，也对苏里帕纳卡的愚蠢行为大为不满。于是，罗刹之王开始采取行动。罗波那的魔力的确不同凡响。他有着十张脸、二十条手臂，浑身布满疤痕——那都是过往的神魔大战中，杀他却未遂的神灵们留下的。在地下世界，他曾毁灭过那伽一族的国度，抢走了蛇王的新娘。在凯拉萨神庙，他曾亲手夺走财神俱毗罗[①]的马车。他还大闹过因陀罗的天宫，糟蹋过乾达婆王的天园。不论是真神还是半神，不论是那伽还是乾达婆，都无法伤他分毫。虽说向梵天请求恩赐时，罗波那唯独忘了将人类加入免于伤害的对象之列，可又有哪个人类敢反抗如此恐怖的魔王呢？只不过，虽然自身如此强大，在出发之前，罗波那还是先去拜访了一个名为摩利差的罗刹。他隐居在一片圣林中、一棵巨大的无花果树下。罗波那对他讲述了自己的计划，并让他帮助自己抢夺罗摩美丽的妻子。“就让你，摩利差，”他说，“变成一只有着银色斑点的金色梅花鹿，在悉多看得见的地方出现。这样一来，悉多就会让罗摩和罗什曼那来帮着捉这只鹿。当罗摩和罗什曼那走开后，我就能抓走无助的悉多了。”

听了魔王的计划，摩利差脸色苍白，因为他比罗波那更清楚，罗摩的力量是多么不可战胜。于是，他劝说

---

① 在《罗摩衍那》原作中，俱毗罗其实是罗波那同父异母的兄长，也曾任罗刹之王。——译者注

自己的君主不要为了抓走悉多而失了性命。

“曾几何时，”这位罗刹族的隐士说道，“我也曾横行天下，力敌百千那伽。在丹达喀森林里，我屠杀苦行僧，生啖他们的血肉。为了与我和我的同伴对抗，众友仙人向十车王请求年轻的罗摩的帮助。虽然那国王害怕失去自己年仅十二岁[①]的爱子，但在仙人的恳求下，他最终答应了他。当时的我自恃力大无穷，手持杀人的利斧朝罗摩冲去；可谁知，这个乳臭未干的小男孩竟轻而易举地阻止了我的冲锋，还只用一支箭便将我射晕，甚至将我挑进了大海。在海水掩护下，我侥幸死里逃生，回到了楞伽，可我的同伴们都被他赶尽杀绝。所以，请您从我的经历中吸取教训，不要轻易染指悉多。您已经拥有无数美丽的妻妾了，请对此感到满足吧。如果您仍执意要拆散罗摩与遮那竭之女，那么，您将亲眼见证楞伽的沦陷。你们所有人都将倒在那英雄百发百中的箭下。对于他的勇力，除了我自身的经历，我还有许多别的证明，所以，请少安毋躁，不要惹怒罗摩。如果您要我代您前往，我将毫不犹豫，就是死也在所不惜。最后我想说——我的大王啊，罗摩究竟对您做了什么恶事？快停止您惹怒他的行为吧，否则一旦他开弓，您和您麾下最强的勇士们都将无一幸免。”

① 前文为十六岁，此处疑似原作者的笔误。——译者注

可罗波那嘲笑了摩利差智慧的建议，轻蔑地回答道："你觉得你的建议对我们这样的巨人有用吗？罗摩只不过是个弱小的蠢人。据说他曾在一个女人的命令下抛弃了父亲的王位，隐居山林。我偷走他的妻子如探囊取物，没有任何神魔能阻挡我。聪明的谋士应该慎言慎行，如果任何道理都说服不了他的君主，那么他应该试着婉转暗示。可你对我说的话都如此生硬而尖刻，就算它们是对的，我都无法苟同。我只是来请求你的帮助，你照我的计划做就是了，不必空谈我和罗摩的能力孰强孰弱。只要你变成了金鹿，就能把罗摩从他的爱人身边引开。如果罗摩让罗什曼那守在悉多身边的话，你就快跑，把他远远地带离他的隐居处。这样他就会大喊：'啊！罗什曼那！啊！我的悉多！'听到他的喊声，罗什曼那便会跑去帮他，而无人保护的悉多也就自然成了我的猎物。"

被申斥训导了一番的摩利差只好鼓足勇气，又大声反驳道："到底是谁，大王，逼您去做这种很可能要你命的事？有智慧的谋士都应该竭尽全力阻止君主做出愚蠢的决定，可现在你们明明知道有危险，却还要知其不可为而为之。就算你们真的杀死了正直的罗摩，整个罗刹族也必将为之自损三千。残忍的人啊，你们这样鲁莽而固执的决定将会造成多么严重的后果！我自己并不关心这些，因为如果要死，我肯定第一个死。但是我担心我们伟大的种族与楞伽岛的安危。如果您仍执意染指罗摩的妻子，那么，请向我们的荣耀与生命告别吧！”

见劝说无效，摩利差只得说服自己克服对死亡的恐惧，与自己的君王同行，并按照他的计划去做。两人乘着一辆魔法马车飞上天空，穿越了山陵与平原，城市与河流，飞向罗摩的茅屋所在之处。到达后，摩利差迅速隐去罗刹原形，化为金鹿模样。它的金色皮毛有着银色的斑点，闪耀着宝石般的光泽，树杈般的鹿角顶端镶嵌着蓝宝石。金鹿一边在柔软的草地上吃草，一边以轻快的步伐朝悉多的方向跳跃。此时，悉多正从森林返回茅屋，一路从灌木上采摘各种花朵。她看见金鹿，惊呆了，忙叫罗摩和罗什曼那也一起来看看。兄弟俩迅速赶来，急切地打量着金鹿，可罗什曼那心里却满是怀疑，他说：“我害怕它是魔鬼摩利差的化身，他经常变成各种动物，引诱狩猎的国王，并趁机杀死他们。世界上本来没有如此金光闪闪的鹿，这一定是巫术的产物。”

可是悉多不愿放弃如此美丽的动物，便请求丈夫帮她活捉这只异兽。它能让他们森林里的住所增添颜色，也能在他们回国后，让阿逾陀的宫殿愈显神圣。如果不能活捉，他们还能剥下鹿皮带走。罗摩听从了妻子的话，自己也喜欢上了这只美丽的野兽，便对弟弟说道：“是的，兄弟，这只鹿是一个国王应有的战利品，值得为我所有。另外，如果你的猜测正确，它就是那恶魔摩利

她看见金鹿，惊呆了

差的话，我也更乐意一举除掉这个作恶多端的存在。我要快点追上它，你守在原地照顾好悉多，不要让任何恶人接近她。”

说着，他便拿起弓箭，跑去追逐那边逃逸边颤抖的金鹿。金鹿时跑时停，时而近在咫尺，时而消失不见。罗摩追着它一路奔跑，离自己的隐居之地越来越远。发现自己无法追上并生擒对方，罗摩将一支神箭搭上弓弦，朝金鹿的心脏射去。中箭的巨人哀号着，迅速变回了原形。临死前，他依然不忘自己君主的计划，用尽残存的一点力气跟罗摩一同大喊：“喂！悉多！喂！罗什曼那！”随即便魂飞魄散了。

直到这时，罗摩才意识到这是魔鬼们的阴谋，他回想起悉多当时的状况，一阵恐惧涌上心头。于是，他急忙杀了一头雄鹿，取走鹿肉，便迅速朝家门口奔去。

然而那罗刹早已在死亡前完成了任务。听见自己熟悉的人的喊声，悉多大声呼喊罗什曼那前去帮助自己的丈夫。罗什曼那不肯离开她，她便用激将法逼他走，说他起了妄念，打算趁罗摩离开之际将她霸占为自己的妻子，才一动不动地守在她身边。面对如此激烈的责骂，罗什曼那迅速且勇敢地为自己辩护，说他对罗摩的勇气充满信心，世界上没有生物能战胜他，并表示无论悉多怎样百般诘难，自己都不会背叛诺言。可是，在悉多难以平息的怒火下，他最终还是屈服了，垂头丧气地看了她一眼，心急火燎地跑去寻找罗摩。

（四）

就在同一时刻，楞伽的十首之王罗波那带着一身邪气降临了，空气为他的恐怖而凝滞，树叶因他的震慑停止了颤抖。他化身为一名婆罗门托钵僧接近公主，被她当成贵宾款待。悉多为离去的丈夫兄弟俩担心哭泣时，她的美貌瞬间征服了他的心。于是他假装彬彬有礼地问道："你是谁，美丽的女子？为何如此诡异地生活在黑暗的森林里？你是从天而降的爱情女神，还是荣耀或美丽的精灵？四海八荒，我都没见过你这样美丽的人儿。生活在这样的荒山野岭，对你的美貌来说是多么的屈辱！你这样的珍宝需要金屋藏娇。为什么如此美貌的女子会毫无保护地居住在这样的深山老林里呢？"

悉多被这托钵僧的外表所迷惑，也怕他会因自己说错话而施下诅咒，只好将自己的经历一五一十地告诉了他；并询问他的名字与族属，以及为何他会出现在这片森林中。

于是他回答道："哦，悉多，我是罗波那，罗刹一族之王！成为我的爱人吧，美丽的女子！当你与我一同回到楞伽，那里将有五千名侍女服侍你，你将永远无忧无虑，不知人间疾苦！"

悉多大吃一惊，朝他怒道："愚蠢的家伙！你想抢走罗摩的妻子，这完全是白日做梦。你应该去狮子爪下抢食，去毒蛇口中拔牙，去服毒自尽。就算你能颈挂磨盘，徜徉深海；能飞上九天，手揽日月；能袖里乾坤，内藏烈焰，你也无法夺走罗摩的妻子的贞洁。你难道想占据罗摩的位置吗？你与我的夫君罗摩相比，就像豺狗与狮子、乌鸦与老鹰、淘米水里的渣滓与天上的甘露一样相形见绌！”

在朝罗刹王发泄完全部的愤怒后，悉多转而如风中芦苇般瑟瑟发抖。罗波那见此笑了，又一次自报家门并求婚。这次，为了让悉多心服口服，他开始历数自己的丰功伟绩：他征服的诸天神魔，他掌控的狂风巨浪，他国土蕴含的资源。他警告她，如果她不接受她的爱，那么天女优哩婆湿的结局便是她的下场。他还吹嘘说，自己只用一根手指头就能在战场上打败罗摩。

说到这里，我们不能不解释一下罗波那警告悉多的优哩婆湿的离奇故事。既然这个故事并不长，那么便简单地概述一下吧。

补卢罗婆娑与优哩婆湿的故事

这个故事曾在印度手抄卷中多次出现，因此有很多不同的衍生版本。虽然在所有版本的故事里，补卢罗婆娑承受的悲伤都远大于优哩婆湿，但此处，罗波那却想用优哩婆湿的经历来警告悉多不听话的下场。

优哩婆湿是天上的一位仙女，是乾达婆与其他天界居民最理想的伴侣。而补卢罗婆娑则是上古时的一位国王，是一位举世闻名的贤君。

故事开始时，美丽的仙女遭到某些神灵的诅咒，被贬下凡间受辱。这时，一个名叫克森的达伊提耶巨人胆大妄为，只因碰巧经过因陀罗的天宫，便从通向人间的银河渡口劫走了优哩婆湿。为了救回优哩婆湿，并让克森付出代价，因陀罗找来了尊贵的补卢罗婆娑王。他立刻向达伊提耶的国度出征，并战胜了所有敌人，带着被夺走的天女凯旋。毫无悬念地，最美丽的天女与拯救她的国王一见钟情。这份感情迅速为众人所知，两人于是结为连理。

不幸的是，就在二人新婚宴尔之际，在一片美丽的森林里，出于某种微妙的嫉妒心，天女逃离了丈夫的怀抱，去追寻自己的自由空间。没有夫君的照顾，她迷了路，误打误撞地闯进了禁止女人进入的战神的圣地。由于触犯了禁忌，她被变成了一棵缠绕大树的藤蔓，直到服刑期满才能恢复原形。

无论对妻子还是丈夫，这都令人悲痛欲绝。补卢罗婆娑国王东奔西跑，上下求索，寻觅着新娘的踪影。他就这样寻找了一天又一天。有一次，他在岩石的缝隙中瞥见了宝石的光亮，那是一块罕见的巨型红宝石，可他并不稀罕这光芒璀璨的宝石，差点就要撇下它离开。这时，天上传来一个声音，对他说，应该捡起宝石，那是找到他妻子的关键所在。国王喜出望外，带着宝石一路前行，最终看见了一株藤蔓。这株藤蔓已经枯萎了，仿佛象征着国王此时悲伤的心情。他下意识地朝那枯藤伸出手臂。这时，红宝石的魔力破除了诅咒，让优哩婆湿变回了原样。至于两人重聚后的快乐，我们则无须赘述了。

由于优哩婆湿原本便要被天神贬下凡间一季度，这个故事还有后文。毋庸置疑，补卢罗婆娑国王赢得了优哩婆湿的真心。然而对乾达婆和其他天界居民来说，两人的分离都不是一件小事。于是，他们早就给凡人之躯的国王与天女的重聚设置了许多条件。

在下凡时，优哩婆湿将两只神羊带到了凡间，她一直像母亲一样照顾着它们。于是补卢罗婆娑与众神达成协议，绝对不能让神羊与她分开。同样，他也不能让自己裸体的样子被妻子看到。有了这些条件，狡猾的天人们只要想做，随时都能让他们亲爱的优哩婆湿不得不离开凡间。

某一天，由于想念分离已久的玩伴，一些乾达婆趁着夜色潜入优哩婆湿的房间，相继偷走了两只神羊。国王被第一只失窃的神羊的尖叫声吵醒，却害怕自己光着身子被妻子看见。可第二只神羊叫起来时，优哩婆湿自己也开始朝丈夫喊叫，让他遵守诺言，帮她把神羊找回来。国王立刻从床上惊起，手持宝剑，打算杀死闯入者。这时，乾达婆们招来一道闪电，将黑夜映照得宛如白昼。电光下，优哩婆湿刚好看见丈夫衣冠不整地闪过自己的视线，马上返回了天界。

伤心的补卢罗婆娑在懊悔与悲哀中度过了漫长的时间。一个季度之后，他看见自己的爱人在同伴的簇拥下在泉水中现身。她与他约定好，每年都会在某个夜晚见面，并在其中的几个夜晚生下六个儿子。可是补卢罗婆娑受够了这种奇怪的约会方式，仍然渴求永远和她在一起。由于可怜他的执着，乾达婆们打算满足他提出的任何愿望。我们不难猜测他的选择：补卢罗婆娑让乾达婆们举行了一场仪式，并将自己的精神集中在优哩婆湿身上。虽然与一开始不尽相同，但仪式完成后，补卢罗婆娑在乾达婆们的世界里拥有了自己的位置，最终与爱人永不分离。

有些人认为，这个古老的故事是一个关于自然现象的寓言。有人说，补卢罗婆娑与优哩婆湿象征着太阳与黎明；也有人说，补卢罗婆娑是太阳，而优哩婆湿则是晨雾的化身。太阳一出来，晨雾被阳光照耀，便融化在光芒中，烟消云散。

不论它讲述的是什么，这个故事都是最古老的故事之一。在《吠陀经》中，它看上去都已经像是一个世人皆知的典故了。那么，罗波那引用这个故事是否合适？

也许它比魔王自己想的都更贴合未来真实发生的事情：虽然补卢罗婆娑与优哩婆湿痛苦地分离了一个季度，但他们最终仍然快乐地重新相聚了。

在被悉多又一次踢开后，罗波那现出了恐怖的恶魔真身。悉多的哭诉毫无用处，他抓住了她，带着她飞上天空。悉多的哭喊声上干云霄，却终究因相隔太远而传不到罗摩与罗什曼那耳边。然而此时此刻，却有一位救星近在咫尺：附近的一棵大树上，正栖息着巨大的秃鹫贾塔优，它有着罗刹的血统，却心地善良，是罗摩与悉多的朋友。悉多呼喊起贾塔优的名字，听见她的呼唤，它醒了。一开始，它顾念亲缘关系，打算劝说罗波那放弃那残酷的恶行；可听见十面魔王的嘲讽，它只得冲上云霄，奋勇反击。贾塔优用双翼与利爪攻击魔王，罗波那虽因保护悉多而无心恋战，却仍然比它强大太多。最终，罗波那赢得了胜利，带着战利品凯旋；巨鹫则被打得半死不活、原地挣扎不起。

魔王行恶时，天空中乌云密布。见此，造物主梵天高声喝道："是时候了！"众神和仙人都对悉多的被掳深感抱歉；但随后，他们又转悲为喜，因为他们深知，接下来发生的事情将最终导致罗波那的覆灭。在空中，美丽而哀伤的悉多被庞大而狰狞的魔王抱在怀里，就像皎洁的明月穿过秋天的乌云。鲜花从她的脖子上落下，掉在他漆黑的额头上，就像闪亮星辰环绕须弥山顶的雪峰。周围的鸟儿纷纷聚在一起，树木纷纷低下头去，表示对她的安慰。但罗波那仍在一刻不停地飞行。太阳——白昼的主人——对邪恶就此战胜了正义表示极度不满，整个自然界也都在伤心哀叹。

悉多又一次停止了呼唤，转而警告掳走自己的魔王，他一定会被推翻、被消灭。然而，不论是呼喊还是警告，都无法阻止罗波那将她带走。在空中，他夸耀着这即将导致自己覆亡的行为：

就像下界愚蠢的人们拥抱在一起
他的衣袍里藏着毒蛇锋利的牙齿。

过了很久，巨人飞到了南亚次大陆的尽头，飞过了波涛汹涌的保克海峡，盘旋在楞伽岛的王都上空，最后降落在城市中心。他把悉多交给自己的罗刹侍卫们，吩咐他们一定要满足她的所有要求，违者一律处以死刑。然后，他派出八个最强最凶的罗刹，去打探罗摩的消息。

之后的日子里，罗波那想要用花言巧语哄骗悉多爱上自己。他带她参观了自己最奢华的宫室，那里珠光宝气，遍地黄金。他们还去了他最舒适的娱乐场所，以及其他华美的房间。可是悉多仍然沉浸在悲伤中，对一切都视而不见。罗波那夸耀着自己的勇力与臣民的众多，满朝文武都劝悉多做他的王后，恳求她放弃再见罗摩的希望。罗波那声称，悉多和罗摩的重聚是不可能的，他在她面前跪下，将脑袋放在她脚下，表白说自己他的心已完全被她俘获。

悉多对此愈发愤怒，她壮着胆子朝他讲述自己夫君的英明神武。她说，罗波那这样做将会招致自己国家的倾覆，让整个楞伽岛流遍罗刹的鲜血。一再被拒绝的罗波那一气之下，警告她如果仍然不知悔改，就将被他的厨师剁碎，做成早餐。于是，他命令众罗刹女抓住她的手，好好锉一锉她的锐气。这些丑恶的妇人把她带到了后花园，像老虎看着野鹿一样看着她，以最恐怖的话语恐吓她、辱骂她。

（五）

杀死摩利差后，罗摩快马加鞭，心急火燎地赶往自己的隐居之地。一路上，无数邪恶的征兆出现在他眼前。靠近住所时，他看见周围的鸟兽全都惊恐万状。罗什曼那也急忙跑来与他汇合，可罗摩却毫不客气地质问说："为什么你要离开公主？种种迹象都表明，魔鬼们正图谋将你我都从悉多身旁引开。"

面对兄长的责问，罗什曼那垂头丧气、嘴唇抽搐，不知该如何回答，因为他无法在悉多的丈夫面前怪罪她。就这样，罗摩带着恐惧与自责走上前去，两人一起进入了房子，却发现里面早已空空如也。

屋内，罗摩看向罗什曼那的眼光变得比刚才愈加锐利。接着，兄弟俩开始以最尖锐的话语相互指责。罗什曼那申辩说，自己曾向悉多保证，罗摩绝对不会被来自人间或魔界的任何邪恶力量战胜；可悉多依旧百般责骂，他不得不朝她让步，去帮助他。罗摩大为不满，冷厉地追问妻子离开的可能线索。在房屋周围，他一无所获，痛苦地指责命运的不公，抱怨弟弟的言而无信；也责怪自己不负责任，才招致了如此深重的灾难。他朝远方上下求索，祈求鸟兽、森林、田野、河流以及日月星辰的神灵告诉自己悉多的下落。出于对罗波那的恐惧，万物之灵都对他闪烁其词，只有少数存在指向了南方。兄弟俩闻言，立刻向南进发。在朝南行进的路上，他们发现了地上散落的花瓣，罗摩认出它们属于悉多。他们还看见了巨大的脚印，以及罗波那与贾塔优战斗留下的痕迹：折断的弓箭、战车的残骸、散落在地的悉多的首饰。罗摩对夺走妻子的恶魔怒火中烧，发誓要灭绝整个巨人种族。罗什曼那却劝他消气，因为他发现，那些脚印只属于一个巨人，而不是一群。随后，他们发现了奄奄一息的贾塔优，怒气冲冲的罗摩痛斥他偷走并吃掉了悉多。幸而那秃鹫还有最后一口气，它趁机解释道，自己是为了保护悉多而遍体鳞伤，罗波那才是真正的绑匪。贾塔优抽着气告诉他们，罗波那把悉多带去了南方，说完便断了气。兄弟俩带着无比悲伤的心情安葬了它，继续朝南方进发。

后来，他们遇到了恐怖的魔鬼卡班达，他凶猛地攻击他们，却被轻而易举地击倒了。垂死挣扎之际，卡班达询问了两兄弟的名字，并解释说，自己中了因陀罗的诅咒，只有见到罗摩和罗什曼那才能解除。他还让两人烧掉自己的尸体；作为回报，他将给他们宝贵的建议。卡班达死后，罗摩兄弟将他的尸体放入了火堆，他在火焰中变成了一个善良的神灵，登上一辆由天鹅拉着的车，并叫两位王子去寻找猴王苏格里瓦，他住在一片湖上。此时，太阳神苏利耶的儿子苏格里瓦正被他同母异父的兄弟——因陀罗的儿子巴利放逐到了那里。

依照此言，两兄弟来到了一个美丽的国度，这里到处是鲜花与水果。在这里，他们找到了猴王苏格里瓦居住的湖泊，那湖上开满了莲花。看见两位全副武装的王子，苏格里瓦万分惊恐，以为对方是巴利派来杀死自己的，于是，他迅速转移到了另一个地方。与大臣们商量一番后，他决定派风神之子哈奴曼去打探对方究竟是敌是友。

哈奴曼化身为一位托钵僧来到兄弟二人面前，向他们跪下，彬彬有礼地询问对方的身份、前来的目的，以及希望从国家的主人苏格里瓦那里获得的东西。

罗摩为哈奴曼娴雅的辞令表达所折服，认为对方接受过最好的通识教育与口才训练，便解释说，他们只是来寻求苏格里瓦的一点建议。哈奴曼对此喜出望外，想着有这样强大的同盟，苏格里瓦必将夺回自己的王国。在听对方讲述了完整的故事后，他向他们承诺，苏格里瓦将全力提供帮助。于是，他现出巨大的原形，带着兄弟二人前往苏格里瓦的居所。

听说了两位王子前来的目的后，苏格里瓦友善地与他们握了手。他告诉罗摩，有一天，他和四个大臣坐在山顶上，看见天空中有个魔鬼抓着一个女人，那女人的围巾和首饰掉在了他们面前，那毫无疑问是悉多和罗波那。猴王把这些物证拿给罗摩看，罗摩当即号啕大哭起来；在苏格里瓦的反复安慰下，他才重新恢复了精神。猴王也讲述了自己的悲惨和不幸，并表示罗摩与罗什曼那的到来为自己带来了希望。最终，罗摩与罗什曼那向对方保证，彼此的困难都能顺利解决。罗摩怜悯地向难友询问，为何巴利要与他为敌。苏格里瓦回答道：

“巴利是我的兄长，历来以好勇斗狠闻名。我总是屈服于他，以至于当先王驾崩时，所有人都拥护他为王，我自己也因此表示默许。不久之后，我的兄长和一个名叫玛亚维的魔鬼争夺一个女人的爱，他是赫赫有名的大鼓的儿子。那魔鬼趁着夜色闯入了我们的王都基斯基达城，向我的兄长发出挑战。王兄热血沸腾，推开了所有阻拦他的人，冲上前去与他战斗。恶魔从激烈的争斗中脱身，逃进了一个巨大的山洞。王兄也一路追进了洞里，命我守在洞口，并发誓绝不擅自离开。于是我耐心等待。一年之后，洞里喷出了带着白沫的脏血，我侧耳倾听王兄胜利的呐喊，却什么都没听见。我当时以为他死了，便用大石头封上洞口，打道回府。回到基斯基达后，我向大家讲述了这一切，并为兄长举行了葬礼。随后，诸侯都推举我为王，我便代替他坐上了王位，在接下来的一个季度里，我一直以为自己是合法的。可是谁能料到，巴利本人却突然出现了，说他刚陶醉在杀死恶魔的喜悦中，便发现我当了国王。他愤怒地杀害了所有选我做国王的人，我再怎么恭顺都于事无补。他控诉我说，我之所以趁他和恶魔在洞穴深处战斗时封死洞口，不让他出来，就是为了自己夺得王位。我的每一句保证、发誓、祈求，在他面前都成了耳旁风。他不相信我，把我流放了，于是我便成了你们现在看到的样子。”

为了让罗摩更清楚地理解巴利的强大，苏格里瓦继续描述起了他的兄长与玛亚维的父亲大鼓的战斗。大鼓曾经挑战过海神，可对方拒绝与他战斗；于是他四处寻找可以一战的对手，可是找到的人也都不敢迎战。最后，他选择了巴利，因为他认为对方与自己旗鼓相当。当时，那恶魔化身为一头巨大的水牛，冲到基斯基达的门口，以狂怒的吼声吸引巴利的注意。猴王毫不犹豫地冲上前去，抓住了魔鬼的双角，把他狠狠摔倒在地上。

一场恶战过后，他最终杀死了大鼓，举起他庞大的尸体，扔到了几里地外。苏格里瓦带罗摩观看巴利射穿的七棵大树，然而罗摩当场射出的一箭不仅射穿了那些树，还洞穿了后面的大山，最后竟直接飞回了箭囊里。看见这一箭惊天动地的威力，苏格里瓦确信罗摩是他最强的盟友，连因陀罗手下的天神都罕有匹敌。

对比了双方实力后，苏格里瓦催促罗摩立刻去讨伐巴利。两位猴王在基斯基达的城门前缠斗，苏格里瓦一败涂地，落荒而逃。他指责罗摩没有及时伸出援手，罗摩解释道，他们俩靠得实在太近，以至于自己根本无从瞄准；不过，只要苏格里瓦在脖子上戴上花环，他就能辨认对方并瞄准了。有了万全准备，苏格里瓦再次来到基斯基达城门前，大吼着叫巴利出城迎战。巴利的王后塔拉一心劝说自己的夫君不要轻举妄动，因为既然被打败过一次的苏格里瓦敢活着回来挑战，那么他一定找到了强力的盟友。可是巴利正怒火中烧，什么建议都充耳不闻。接下来的决斗中，苏格里瓦再次处于下风，最终，却是罗摩一箭射穿了巴利的心脏。垂死的猴王指责罗摩攻其不备。罗摩抗辩说，巴利抢走了苏格里瓦的王位和妻子，但在巴利本人看来，这都无法抵消他插手一对一决斗的罪过。不一会儿，巴利便咽了气。临死前，他请求弟弟原谅自己的过错，并将自己的儿子安迦达托付给罗摩。安迦达也保证，自己将成为罗摩的好朋友。

巴利的遗孀塔拉仍怨恨难平，请求与丈夫一同火葬；罗摩极力安慰她，让她好好活下去，为了自己的前夫苏格里瓦与儿子安迦达。最终，在巴利的葬礼结束后，苏格里瓦举行了盛大的加冕仪式，塔拉也再次成为他的王后。

在雨季，罗摩和罗什曼那住在离基斯基达不远的一座山丘上的洞里。从那里远眺周围的丛林，到处是迷人的风景，让他们心旷神怡。然而罗摩对悉多的思念仍未停止，如愿以偿的苏格里瓦却没有马上给予他约定的帮助。在夺回昔日的王位与荣华富贵后，新猴王终日与塔拉一同纵情声色，不理朝政。随着时间的推移，他对罗摩的负罪感也日渐淡薄。罗摩向罗什曼那抱怨说，自己的盟友在报仇雪恨之后，便置恩人的苦难于不顾了。他让弟弟前往基斯基达，提醒苏格里瓦他应负的责任；否则，如果猴王彻底忘记了罗摩的恩情，等待他的便是弓弦的响声。

罗什曼那愤怒地冲进城去，猴子们见了他，纷纷惊慌逃窜。一些猴子朝苏格里瓦通报消息，可猴王正和塔拉调情，对外面的事情充耳不闻。罗什曼那让安迦达去禀告苏格里瓦他已到城门口，可是苏格里瓦烂醉如泥。于是罗什曼那只得亲自前往，当他踏入王宫时，群猴乱吼，惊醒了沉醉的苏格里瓦。他连忙召集群臣，大家建议他给罗什曼那一个语气和缓的答复，并满足他们的恩人罗摩的要求。

在群臣劝说下，苏格里瓦最终承认，是自己忘记了与罗摩的约定，并准备双手合十朝罗什曼那谢罪。于是，英雄得以觐见，并在入宫后被领入内殿，看见苏格里瓦端坐在富丽堂皇的宝座上。听见罗什曼那令人畏惧的脚步声，猴王胆战心惊，摆出一副顺从的模样迎接他的到来。罗什曼那以强硬的态度指责了对方忘恩负义的卑劣行为，并引用了古代婆罗门表达同样意义的诗词：

你偷喝过多少美酒，你宰杀过多少牛只；
你巧取过多少宝物，你背弃过多少盟誓，
我都原谅，但请记住，
这从不意味着你能，忘记那过去的不义。

面对对方的愤怒言辞，王后塔拉代表苏格里瓦向他求情，这才让罗什曼那平息了怒火。罗什曼那方才表示，自己的语气太冲，这会让罗摩不高兴，并承认猴王并非没能力治理好自己的国家。于是双方重归于好。

随后，苏格里瓦用自己的车载着罗什曼那来到罗摩的居所，并双手合十朝王子谢罪，还答应赠予他一支由数以百万乃至十亿计的猴群组成的军队。他的话音刚落，周围便聚集起了铺天盖地的猴子大军。接着，罗摩请求他先开始寻找悉多的所在。

苏格里瓦派出四支军队前去寻找。东军由维纳塔领导，西军由塔拉的父亲殊舍那负责，萨达巴拉领导南军，北军则由安迦达和哈奴曼率领。凭着满世界躲避巴利的经验，苏格里瓦给予了几位将领详细的指导。他对南军寄予了最高的期望，因为他相信哈奴曼。作为风神之子，哈奴曼就像他的父亲一样身强力壮，来去如风，并通晓三界的奥秘。

后来的事实证明，他相信哈奴曼是正确的。在经历了一个月的搜查后，东、西、北三军相继班师回朝，全军上下都筋疲力尽，情绪低落。起初，安迦达和哈奴曼的军队也一无所获。他们先是上下查遍了高耸入云的温迪亚山脉，却始终找不到悉多的踪影。随后他们穿越了一个神奇的洞窟，等出洞时，已经被魔法传送到了波涛汹涌的海岸边。在那里，黑暗与绝望朝他们袭来，因为不论寻找多久，他们的热情都换不回一点悉多的消息。猴子们担心，如果空手而归，苏格里瓦将大为光火，并毫不犹豫地将他们统统斩首。万般无奈之下，他们准备原地饿死。

就在他们伤心欲绝之际，巨鹫三帕替的到来带来了一线希望。他是那为了保护悉多而惨死在罗波那手下的巨鹫贾塔优的兄长。此时的三帕替对胞弟的惨死还一无所知，在听闻此事后，它深感悲戚。可同时，三帕替也确实给寻找悉多的人们带来了她的消息：有一天，它的儿子在像往常一样替它觅食时，告诉它，自己听说罗波那劫走了悉多；还说，罗波那住在恢宏壮丽的楞伽城，周围环绕着两百里宽的海水。毫无疑问，罗摩的妻子一定在那儿。

这条消息让安迦达与哈奴曼喜出望外，他们马上开始讨论如何度过那惊涛骇浪。所有猴王都有强大的跳跃力，而他们中最强有力的唯有风神之子，他一跳便能轻松越过数千里的距离。只见哈奴曼立刻加快速度，一边高兴地炫耀着自己从天堂的一边一次性跳到另一边的丰功伟绩，一边准备飞越海峡。

哈奴曼真身的体型如此庞大，以至于他起跳时，落脚的山脉都在他的身下颤抖。恶魔们竭尽全力阻止他在空中飞行，却都被他一个个撕得粉碎。然后，他缩小到罗波那的狱吏难以察觉的身形，降落在一座高耸的山峰上，朝楞伽城走去。一路上，他震惊于周围风景秀丽的山河、花果繁茂的森林，以及谷物阜盛的田野。

进入城内后，哈奴曼走走停停，借着满月的光芒欣赏起其中奇迹般的建筑群。他惊讶地看着那宽阔的街道，周围的房屋和宫殿都异常宏伟，有的甚至有七八层楼高，墙面镶嵌着大片的黄金。他还看见了沉睡中的罗刹们，他们体态各异：有的巨大，有的娇小；有的面容姣好，有的狰狞可怖；有的披金戴银，有的一丝不挂。离魔王的宫殿越近，周围的景物也愈发令哈奴曼惊奇。其中最令他啧啧称赞的当属那辆由神灵打造的花车，这是罗波那从财神那里抢来的。

在后宫，哈奴曼看见罗波那本人正与自己的妻妾们一起睡觉。他震撼于那些女子的美貌，感到其中最美的甚至能与悉多媲美。不过哈奴曼很清楚，真正的悉多绝对不在这些女人当中，便掉头朝其他地方找去。不一会儿，他闯进了一片花园，里面到处是美丽的花木，中间分布着一个个漂亮的池塘，水清如镜，点缀着盛开的睡莲。在这里，哈奴曼看见一座闪光的白色宫殿，它有着一千根支柱，台阶是珊瑚，地砖是黄金。他最终在这里找到了悉多，她就像往日一样貌美，却苍白而憔悴，仿佛新月中的阴影，或是被火星侵犯的星辰女王。啜泣的王后周围守卫着一群凶恶的妇人，她们有的长着野兽的脸，有的有着扭曲畸形的肢体，个个皮肤漆黑，面目狰狞，浑身散发着酒香与血腥味。

白昼将近，哈奴曼听见迎接魔王醒来的奏乐与唱歌之声。罗波那在莺歌燕语中醒来，想到了被自己囚禁的悉多，便照例好好打扮一番，前去会面。此时，担心悉多的哈奴曼也从高处注视着她。

和往常一样，魔王又一次向悉多倾吐炽热的爱意，而悉多则一边颤抖、啜泣，一边拒绝了对自己夫君的背叛。“为你的罪行悔恨吧，”她哭喊道，“然后把我还给罗摩，这样你也会安全。否则不论是你自己，你的城市，还是你的整个种族，都将被他亲手消灭干净！”被拒绝后，他的情义立刻转为赌咒，发誓如果得不到她的爱，便要取走她的性命。罗波那离开后，罗刹女们便立刻开始骚扰她，对她施以各种最刻毒的玩笑、最严重的威胁，惩罚她拒绝那凌驾于神灵与人类之上的大王的爱意。于是，这可怜的女子便像小鹿进了狼群般颤抖着倒在地上，思索着怎样的前世因果能导致今生如此的苦难。

最后，她们离开了她，她昏睡了过去。哈奴曼开始思考，自己该如何出现在悉多面前，亮明身份。“如果我说梵语，”他在心里暗想，“她会认为那是罗波那在叫她，因为那是国王和婆罗门祭司的语言。可如果我说俗语，那么她也只会把我这猿猴的模样看作罗波那的另一个化身。所以，我只能在她耳边轻柔地讲述罗摩目前的状况。听到她丈夫的名字与对他的称赞，她一定会安下心来。”于是，他开始以温和的语调讲述罗摩的故事。听得这些，悉多惊得愣在了原地，然后，抬起头看见了哈奴曼。一开始，她非常恐惧，以为自己不过是在做梦，可哈奴曼马上便恭敬地走上前来，告诉了她自己的使命。可是即便如此，她仍怀疑眼前的猴子只是她每天见到的魔王的另一个化身，良久都不愿与他交谈。为了消除误解，哈奴曼开始向她讲述罗摩的外貌和德行，以及他因失去她感到的悲痛；最后，他拿出了罗摩给他的戒指。看见丈夫的信物，悉多告诉哈奴曼，罗波那给了她两个月时间，来选择最终接受他的爱，或者被他杀死；她从头饰上拔下一颗宝石递给他，当作她向罗摩传递信息的证物，让他把自己的消息带给他。

不过，离开这壮丽的城市前，哈奴曼肯定要好好展示一番自己的威武霸气与疾恶如仇。他首先捣毁了美丽的花园，把一棵棵花树连根拔起，填平了一座座水池，砸碎了一排排房子。周围的罗刹守卫们急忙赶来追杀入侵者，但他们根本无法战胜这奇怪的敌人。在杀死几个挡在面前的敌人后，哈奴曼举起一根巨大的柱子，将它旋转着扔向宏伟的罗刹神殿，被砸中的神殿在烈火中倒塌。魔王又派了其他勇士来冲杀，可他们全都丢了性命。在这些手下大将都落败后，罗波那让自己的儿子阿克沙去追击哈奴曼。两人打得天昏地暗。勇猛无匹的阿克沙让技高一筹的哈奴曼差点命丧黄泉；但最终，哈奴曼还是杀死了他。紧接着，罗波那的另一个儿子，比阿克沙更强大的因陀罗吉多[1]加入了战斗，他的武艺是如此精湛，以至于哈奴曼只顾着闪避他的攻击，都没有主动出击的机会。最后，因陀罗吉多用一件魔法兵器战胜了猴王，把他五花大绑后关进了监狱。但哈奴曼对此并不沮丧，因为他本来就打算被带到罗波那面前，与他正面交锋。

① 意为“战胜因陀罗”，可能是源于罗波那本人大闹天宫的辉煌战绩。——译者注

看见被束缚的哈奴曼，罗波那怒火中烧；听了对方挑衅的言语后，他更是迫不及待要处死他。不过最后，他还是打算放走哈奴曼，让他去给罗摩传话。但作为惩罚，哈奴曼的尾巴必须被烧掉。在尾巴着火后，哈奴曼通过缩小身体挣脱了束缚，纵身飞上九霄云外，用着火的尾巴点燃了整座城市。火焰中，一切都迅速化成了灰烬。在离开楞伽之前，他又去找悉多说了一番话，告诉了她自己的战绩，也向她保证罗摩会来救她。然后，他又一次飞越海峡，回到了自己的同伴身边。

听闻哈奴曼胜利返回，并带回了悉多的消息，罗摩惊喜万分。可是，他又十分担心自己无法渡过大海。不论如何，他决定先带着军队到海边去，再考量下一步的计划。于是，他们来到了海边，敬畏地望着海上汹涌的波涛，与其间充斥着的庞大而凶猛的怪兽。

与此同时，在楞伽城内，罗波那正与他的大臣们争论。罗波那最信任的两位大臣是他的兄弟维毗沙那和康巴哈那。这两人中，维毗沙那早就批评过罗波那抓走悉多的愚蠢，并不止一次劝说他放走她。“这一切都是错的，”他说，“自从你把她抓来，我们的国家便笼罩在不祥的预兆与毁灭的阴影之下。”罗波那闻言大为光火，一气之下从座位上站了起来，冲去检查城市的防备与军队的演练了。随后，他转向康巴哈那寻求建议。康巴哈那虽然天生神力，却异常好吃懒做[1]。当时，他刚从六个月的长眠中醒来。

康巴哈那刚睡醒，便嘲笑了罗波那的犹豫不决："为什么直到现在，你才拿这些情情爱爱的问题来叨扰我们？哦，大王！"他说，"如果你真的需要建议，在你染指悉多之前，早就可以来向我们询问。可现在，她已经被你抓住了，我们也没时间说这些无聊的后话了。奋起反抗吧！拿出你的力量，干掉罗摩！这是你赢得悉多芳心的唯一机会。对我来说，只要罗摩敢朝我射一箭，那会是他的最后一箭。"

对罗波那来说，这次会议只是徒增烦恼。不管大臣们怎么把他夸得天花乱坠，他都已经在某种意义上被哈奴曼羞辱得颜面扫地了。更让他担心的是，既然罗摩的手下都已经如此勇猛，他本人的进攻势必比这更加致命。可是即便如此，他依然不肯认命，不仅赶走了那些建议寻找逃生通道的谋士，还严厉斥责了维毗沙那；并表示，早就有人因为提出了相同的建议而被处死了。

事已至此，维毗沙那受够了罗波那的专横与残暴，带着四个侍从越过海峡，来到了罗摩帐下。许多人怀疑他前来的目的，但哈奴曼和罗摩相信了他的话，并友善

① 在《罗摩衍那》原著中，康巴哈那曾与罗波那一起对梵天许愿。原本他想要"因陀罗的神座"(Indraasana)，但梵天的妻子、掌管言语的辩才天女让他的舌头打滑，说成了发音相似的"睡眠"(Nirdevatvam)，于是他变得无比嗜睡。——译者注

地招待了他。在听完维毗沙那透露的许多情报后，罗摩向他征询渡过海峡的方法，前者建议后者寻求海神的帮助。罗摩向海神献上了祭品与祷告，可是海神始终没有回音。最后，在王子强大的法力之下，海神终于还是现了身，并提议他请神匠之子那罗[①]帮忙，在海上建造一座大桥。

于是，他们请来了手艺不输其父的那罗。在他的指导下，猴子大军在海底堆起了不计其数的石块和木料。猴子们的干劲热火朝天，工作的进度与日俱增，不到五天时间就造好了一座跨越两百里海峡的大桥。通过它，罗摩、罗什曼那与猴军将领们顺利通过海峡，领着数以百万计的大军到达了楞伽。

罗波那派出许多间谍去打探罗摩的计划，罗摩捉住了所有间谍，却善待并放走了他们。罗波那为了让悉多彻底绝望，想出了一条残忍的诡计：他找来一个会幻术的人，让他变出一个以假乱真的死人头，和真正的罗摩被砍掉的头一模一样；还有一些染着血的武器，也与罗摩本人的武器别无二致。随后，在又一次向悉多求爱时，他告诉她，自己的人马趁罗摩沉睡之际发动了突袭，砍下了罗摩的脑袋，将其与他的武器一同带了回

---

① 与后文“那罗与达摩衍蒂的故事”中的主角那罗(Nala)同名，但不是同一人。——译者注

来。当悉多看到这些血淋淋的“战利品”时，瞬间吓得晕死过去。当她回过神来时，脑海中只剩下无边无际的绝望，以及想与为自己牺牲的丈夫一同死去的执念。

这时，一个士兵前来通知罗波那前线紧急的战况，罗波那只得立刻动身前往军中。在魔王走后，一个与众不同的、善良的罗刹女劝说悉多振作起来，并告诉她，那人头只是个障眼法；而真正的罗摩还活着，正是与他的战斗让罗波那急于奔赴前线。正说着，大地便震动起来，空中传来了远方战斗的声音。悉多相信了女伴的话语，这对她而言仿佛久旱逢甘霖！

与此同时，罗摩和罗什曼那，以及苏格里瓦和维毗沙那已经商议好了进攻楞伽城的计划。他们趁着夜色爬上一座山丘，将整个城市尽收眼底。第二天早晨，苏格里瓦看见罗波那坐在城门上方的一座塔楼里，按捺不住进攻的欲望，纵身一跃便朝魔王飞去，呐喊着向他正面进攻。罗波那毫不迟疑地反击，苏格里瓦抵抗不住，只得逃回伙伴们身边。

接着，数以百万计的猴群发起了冲锋，塔楼上的罗波那眼中，整片大地都被它们的皮毛染成了棕色。战斗持续了一天一夜，其间，双方的将领也不断发生大小交锋。罗摩从一群群罗刹中杀出重围，可是年轻的因陀罗吉多勇敢迎上，用带有魔力的绳索捆住了罗摩和罗什曼那，让他们成了满天箭雨的目标。他们的气力逐渐耗尽，闭着眼睛倒在地上。因陀罗吉多高呼胜利，他周围的魔鬼们也跟着呐喊起来。苏格里瓦和他的盟友们唯有沮丧哀叹。兴高采烈的罗波那派人告知悉多，她的英雄们已经输了，并派车送她到罗摩兄弟倒地的地方去。看见匍匐不起的夫君，她不由自主地失声痛哭起来："那些预言家都说，我将成为一个母亲，而不是未亡人，他们都错了；他们还说，我将作为罗摩的王后母仪天下，这也错了。他已经死了，我一生的主人，勇猛无敌的战士，他曾赤手空拳战胜了森林里袭击我们的恶魔。害死他的是我们的错觉，我们以为他不会死于公平决斗。唉，我该怎么办啊！唉，他守寡的母亲，没日没夜地磕头，也盼不回死去的儿子，她该怎么办啊！"

这时，罗摩从昏迷中勉强苏醒，使尽浑身力气站起身来，看见自己的弟弟倒在地上不省人事，不由得悲从中来，才发现自己征服楞伽的梦想已化作泡影，沮丧地劝说苏格里瓦也放弃斗争，回到自己的国家去。

一些人想劝罗摩振作起来，另一些人准备为他寻找银河岸边的草药疗伤。就在这时，周围忽然掀起一阵风暴。一时间，狂风呼啸，电闪雷鸣，丘峦崩摧，大树被连根拔起，海面上波涛汹涌。风暴中，毗湿奴的坐骑、百鸟之王、毒蛇的天敌——金翅鸟迦楼罗带着一身火光降临了。看见它的火眼金睛，捆着两位王子的蛇绳立刻便松开了；被它的羽翼轻轻一碰，他们身上的一切痛苦都不翼而飞，体力也恢复如初。两人直起身子，欣然感谢那拯救了自己的巨鸟，却不知道它究竟是何方神圣。金翅鸟骄傲而喜悦地回答道："哦，罗摩！我是你的老朋友迦楼罗，天上的百鸟之王。捆绑你们的绳索不是别的，正是那些邪恶的蛇妖之一，而天上的所有神灵里，只有我——蛇类的天敌——能解开它们的束缚。现在你的力量已经恢复了，去战胜那诸神与人类的敌人吧！"说罢，迦楼罗化作一道光芒飞上天去，一转念间便消失了。

得知两位王子身上的束缚被解开，罗波那感觉大事不妙，却仍命令麾下最强的几位勇士朝他们发起进攻。当这些勇士都被罗摩兄弟杀死后，他决定御驾亲征。他一路将许多位猴军将领打得非死即伤，但罗摩和罗什曼那挡住了他的去路。最后，罗什曼那被打成重伤，哈奴曼救下了他；而罗摩战胜了罗波那的力量，逼得他怏怏而逃，一路退回城内。万般无奈之下，他命人唤醒了再次陷入沉睡的康巴哈那，并准备了大量的酒肉供这位状似饕餮的巨人享用。可除了大象的踩踏之外，多大的动静也无法将他吵醒！康巴哈那终于醒来后，厉声责问为什么将自己唤醒，一边狼吞虎咽，一边叫人把罗波那找来陪他。

看着自己兄弟庞大的体型，沮丧的魔王感到了一丝希望；而康巴哈那也以豪言壮语展现了他的力量，让罗波那放下心来。随后，这勇猛的巨人便奔赴战场，从敌群中杀出了一条血路。许多将领都与他势均力敌，但所有人最终都在他面前节节败退。就连罗摩都在他身上浪费了许多武器。唯有借助那支刻有因陀罗之名的神箭，罗摩射断了康巴哈那的一只手臂和两条腿，并最终砍下了对方的头颅。而巨人残缺的身体则被扔进了海里。

在魔王勇猛无匹的兄弟倒下后，罗波那的儿子们也感受到了父王的惊恐。原本就是勇士的他们纷纷鼓足勇气冲上前去，打算为康巴哈那报仇，却一个接一个地败下阵来。安迦达杀死了罗波那的一个儿子，罗什曼那也杀了一个，另外两个则在哈奴曼的勇力下倒地身亡。

此时此刻，罗波那只剩下一个活着的儿子了，但他既有高超的武艺，又有狡猾的智谋，他的奇技淫巧差点便让英雄们命丧黄泉。怒火攻心的因陀罗吉多再次冲向战场，在他面前，成千上万的猴群都相继粉身碎骨，就连苏格里瓦、哈奴曼等几位猴王也都身负重伤。他又一次朝罗摩和罗什曼那掷出神索，势不可挡地封锁了他们的力量，让他们瘫倒在地。哈奴曼迅速逃到了北方的大山里，在一座神圣的山峰上找到了救命的草药，并带了回来。英雄们重获新生，成为全军又一次莫大的鼓励。

因陀罗吉多见状，退回后方，潜心投入魔法的修行，渴望变得刀枪不入、水火不侵。同时，他带来了一个与真正的悉多一样苍白而憔悴的假人，在哈奴曼面前杀掉了她。当哈奴曼把这悲惨的消息告诉罗摩时，罗摩悲痛欲绝，顿时丧失了战意，只得让罗什曼那代替他与因陀罗吉多战斗。就在因陀罗吉多将要完成金刚不坏的符咒之前，罗什曼那便找到了他施法的地点，与之决斗。不出所料，这场战斗是当时所有战斗中最惨烈、最持久的。罗什曼那早已身负重伤，但他还是坚持到了最后，杀死了强大的因陀罗吉多。

罗波那别无选择，唯有亲自重返战场，与敌人拼个鱼死网破。眼前的战况已经因双方的狂怒而白热化，将领之间的搏杀此起彼伏，普通士兵的厮杀也接连不断。现在，就连维毗沙那也起身迎战他的兄长、他家族与种族的领袖。

在这场冒险的战斗中，维毗沙那两次濒临死亡，却相继被罗摩和罗什曼那救下。罗刹之王因自己兄弟的背叛而怒火中烧，痛恨罗什曼那妨碍了自己清理门户。罗波那掷出标枪，射中了罗什曼那，将他击倒在地，可是哈奴曼及时从喜马拉雅山取得了救命的草药，又救回了罗什曼那的命。

紧接着，满怀复仇之火的罗摩也再次加入战斗。这一次，因陀罗赠予了他神王的战车与车夫。罗波那竟杀死了拉车的神马，把战车砸得粉碎。神灵在他面前颤抖，连太阳都失去了光辉。只不过，罗摩的攻击也让罗波那身受重伤。在无数回合的交锋下，魔王筋疲力尽，被车夫拉着驶离了战场。伤口痊愈后，他又一次前往迎战。

罗摩以《吠陀经》中的咒文朝太阳祷告，祈求它驱走战场阴霾，照见天地四方；然后，他信心满满地朝敌人挺身而出。这场战斗持续了整整七天七夜。每当罗摩一次又一次砍下罗波那的一个或数个脑袋后，伤口上都会立即长出新的脑袋，让那巨人毫发无损般继续战斗。

最终，在梵天授意下，罗摩朝敌人射出了一支为因陀罗打造的闪电之箭，它的尾羽是风，箭头是太阳的光芒。

快若闪电，箭头撕裂了肢体，
穿过胸膛，刺入那巨魔心里。
战场上，他最终轰然倒塌，
似雷神，将那弗栗多[1]斩杀。

一时间，一切凡人、仙人与神祇都为罗摩这举世无双的胜利而拍手称快，只有一个人为那死去的魔王感到悲伤。维毗沙那伤心地跪倒在罗波那的尸体旁，哀叹道：“唉，英雄啊！你勇敢无畏，武功盖世，为何会命丧沙场？虽然我早已预知你的牺牲，但对爱情与荣耀的执

① 弗栗多(Vritra)是一条巨蛇，其庞大的身躯阻碍了银河的水流，在人间造成旱灾；雷神即因陀罗。——译者注

罗摩朝敌人射出闪电之箭

着依旧让你抛弃了我友善的建议。唉！我们罗刹一族的骄傲啊，你曾是枝繁叶茂的王家之树，如今却倒伏在地，”

繁花散尽，枝叶萎靡。

就连陶醉在胜利喜悦中的罗摩都好心安慰他：“不要哭泣，”他说，“你无畏的国王是以勇士的方式牺牲的。他死后，你我之间的一切仇恨都烟消云散。因此，我很乐意以他的名义，帮助你尽到最后的责任。”

由于罗波那生前十恶不赦，维毗沙那有些不情愿为他举行火葬；可罗摩对他说，不应该对已死之人怀有任何恨意。于是，他们做好了所有准备工作，最终火葬了罗波那。

罗摩回到营帐，告诉众人，他希望维毗沙那继承罗波那的王位。很快，他们就用金瓶从海中取得了洗礼用的净水。罗摩将水洒在维毗沙那头上，在全体罗刹面前宣布他成为楞伽岛的新王，他们都非常高兴。

从哈奴曼处得知妻子依然健在，罗摩叫他把自己胜利的喜讯告诉悉多。猴王找到她时，她正被看守她的罗刹女们围在一棵树下，仍然和上次一样衣衫不整。悉多看见哈奴曼来到眼前，听到罗摩的消息，一时间无语凝噎。其后，她让哈奴曼回去告诉罗摩，自己早已对夫君望眼欲穿。罗摩吩咐她梳妆打扮好了来见他，她照做了。悉多来到大军面前时，所有人都蜂拥而上，挤在她周围想一睹芳容，她只得靠维毗沙那等人将人群驱散。这让罗摩十分恼怒，他认为，现在做妻子的不应该藏着自己的脸不给人看。

最终，也许是出于敬畏，悉多小心翼翼地走上前来，站在罗摩身边。可他只是淡淡地说："女士，我已经完成了任务，报复了羞辱你的人。你所看到的这些人，他们赢得了这场战争的胜利。我名声中的污点已经洗净。"听到如此冷漠的话语，悉多泪流满面。罗摩仍然不为所动，甚至更无情地说道："我来拯救你，并非是为了爱情，只是为了维护我的名誉。你曾经被罗波那拥抱过，曾经在他宫中与他亲热。出于责任，我想说：你已经自由了，到你想去的地方去吧。"

听到如此尖刻的话语，悉多万分震惊又羞愧难当，仿佛被大象踩踏的藤条般颤抖着，苦苦哀求丈夫说出他怀疑自己的原因，并诘问他，为何不让哈奴曼告知她。随后，她转向罗什曼那，啜泣着请求他："须弥多罗之子啊，请给我准备火葬的柴堆吧！被自己的丈夫抛弃、羞辱，这足以让我放弃自己的生命。"

就连罗摩本人也丝毫不反对这个残忍的决定，他甚至亲眼看着他们堆起了柴火，看着悉多做好了火葬自己的准备。在仪式开始前，悉多向净化万物的火神祈祷，祈求他为自己作证，不论从言语上还是行动上，自己都从未背叛过挚爱的夫君。然后，她毫不犹豫地走进了火焰。众人只听见一声划破天际的哀号，便看见她的身影淹没在烈火之中。

这时，火神从火焰中现身，把悉多带了出去，并对罗摩保证，不论在言语上还是行动上，悉多都从未舍弃过对他的爱。接着，众神都纷纷现身，斥责罗摩将痴情的妻子推入火坑。在众神的压力下，罗摩最终承认，自己从未怀疑过悉多的心意，只是想在公众面前验证她的贞洁，以昭告天下自己道德上的清白。

事实上，罗摩此时对妻子所做的一切，显然都既称不上善良，也算不上光荣。关于悉多是否被罗波那“玷污”的任何言论都从未传到其他国家；但于情于理，罗摩都应当不惧流言蜚语，不顾众人臧否，相信妻子的忠诚与深爱，支持她的主见与想法。同样，虽然从来没有人聚众凌辱过悉多，但以罗摩的勇气，也完全可以做到手牵手站在妻子身边，与她一起承受众人指责。此外，如果悉多真的被罗波那抱在怀里强暴过，或者在他的后宫里没日没夜地哭泣过，这也只能是罗摩自己的错。虽然罗摩曾经严厉指责过罗什曼那抛下悉多独自一人，但他自己显然也犯下了同样的错误，那就是为了帮悉多捉住金鹿而把她留在原地，无人保护。他不该为了她的一点小任性而放弃理智的判断。

只不过，这个故事仍然富有教育意义，因为它揭示

火神从火焰中现身

了人性的普遍规律：在栉风沐雨时，我们总是乐意与志同道合之人一起分担压力。然而当困难结束，压力逐渐消失之后，我们却往往容不下这些人身上的缺点，甚至苛责他们导致了自己过去的处境。同时，对方或许也会以同样的目光看待我们自己。

最后，夫妻二人放下了对彼此的怀疑，和好如初。这时，大神湿婆来到他们身边。湿婆的马车里坐着罗摩的父亲十车王，他来祝贺自己英雄的儿子大获全胜。“回到你的国家去吧，”已升入天堂的老国王说道，“十四年的流放刑期已满，你的母亲在家里等着你。”

于是，维毗沙那请出了罗波那从财神那里赢得的花车，将罗摩和他的妻子送回了阿逾陀。这辆镶满黄金的花车体型庞大，外表富丽堂皇，车厢里面也十分舒适；车盖上挂着风铃，随车体的行进叮当作响；拉车的是美丽的白天鹅，车主想去哪里，它们便拉着车飞去哪里。

在返回故乡的甜蜜旅途中，罗摩和悉多互相讲述彼此分离时种种离奇的经历。在悉多的建议下，猴王们——罗摩一路上的得力战友——也被邀请到阿逾陀，来参加王子久违的加冕仪式。

在国王夫妇回到王都之前，哈奴曼便将消息告诉了摄政王婆罗多。此时的他虽然依旧在拿地格拉玛的村落隐居修行，却始终没忘记宝座上兄长的凉鞋。听闻罗摩胜利的喜讯，婆罗多命人重修道路，在路旁遍植鲜花。

乐手们和号手们演奏起欢快的乐曲，喧天的锣鼓让大地都为之震动。随后，罗摩来到了自己过去的隐居之地，曾几何时，婆罗多正是在那里阻止他进入森林。而现在，罗摩却受到了婆罗多朴素的欢迎，他将兄长的凉鞋递到他脚下，恭贺阿逾陀王位的合法继承者回国。在正式继承了父王的国土后，罗摩派人把一度属于罗波那的花车送回财神身边，又送给悉多一顶镶满宝石的王冠。接着，圣洁的仙人们从四面八方的圣河中取来清泉，为罗摩灌顶洗礼，标志他加冕为王。

哈奴曼的父亲风神为罗摩戴上了一顶金莲花编成的花环。水中仙子们跳起美妙的舞蹈，风中的精灵与天上的歌者们也奏起愉快的乐章。曾与罗摩一道出生入死的猴王们也送来了贵重的礼物，并都获得了同样尊贵的回馈。

至于罗摩与悉多之后的故事，以及他们如何离开尘世，这里已无须赘述。他们经历了痛苦的离别与无尽的屈辱，能够破镜重圆并荣归故里，就已经是最好的结局了。更何况，在两人接下来治国的许多年时间里，他们的国家都一直是太平美满的大同盛世：

罗摩治下一万年，
阿逾陀长治久安。
没有寡妇悼亡夫，

亦无穷人弃房屋。
百谷百兽不生虫，
肥壮牛羊遍西东。
水果丰收年年有，
小孩健康不夭寿。
疾病罪恶都远离，
美好日子永持续。

善良的檀那婆：普拉拉达的故事[1]

远古时代，人间有个强大的檀那婆，名叫希兰亚卡西普，是大地女神底提的儿子。与他同母的兄弟姐妹们也因母亲的名字而被称作“达伊提耶”。

这位檀那婆之王从梵天那里获得过一次神恩，因此具有了搅动三界的神力。就像前一个故事中出现的罗波那一样，他的力量让天神都为之颤抖。事实上，这檀那婆不是别人，正是罗波那的早期原型之一。与后来的罗波那一样，他也毫无正义感，并痛恨那些道德高尚的神与人。

希兰亚卡西普征服了天上的日月星辰，聚敛了人间的金银珠宝，还抢夺了冥府的生杀大权。那伽和乾达婆都对他俯首帖耳，出入相随；完美的圣人们在他的晚宴上演唱颂歌，仙女们为他翩翩起舞。久而久之，达伊提耶之王沉浸在自己的强大力量中，日益骄固；而众神一

① 本故事出自《薄伽梵往世书》。——译者注

见他便落荒而逃，化身为凡人躲藏起来。

魔王有个儿子名叫普拉拉达，这个年轻人聪明绝顶，又无比善良。王子的父亲把他托付给了自己的祭司们，让他们教他一切经世之才与帝王之术。有一天，希兰亚卡西普召见了儿子，命他告诉自己从老师们那里学到了什么。年轻人回答道：

“他们教会我尊重毗湿奴，他是一切因果之源，是不可战胜的宇宙主宰。”

希兰亚卡西普听了，立刻勃然大怒，因为毗湿奴是他最大的眼中钉①。魔王对祭司们厉声呵斥道：

“你们都干了些什么，无耻之徒！居然敢教我儿子在我面前称赞我最讨厌的人，这等于是在嘲笑我！”

一位祭司严肃地告诉他，普拉拉达这句话并不是自己教的。

“那是谁教的？”魔王问道。

普拉拉达回答道：“除了存在于众生心灵深处的天人导师，谁又能教会我这些知识呢？这都是毗湿奴自己告

---

① 普拉拉达出生前，希兰亚卡西普的弟弟黑冉亚克沙(Hiranyaksha)为了征服世界，俘虏了自己的母亲大地女神底提，导致整个陆地都沉入海中。毗湿奴化身为巨大的野猪筏罗诃(Varuaha，十大化身之一)，用獠牙将大地从海中拱起，并杀死了黑冉亚克沙。至此，希兰亚卡西普与之结怨。同时，为了防止即将出生的魔王之子重走父亲与叔父的老路，因陀罗化身成希兰亚卡西普的模样，拐走了他怀孕的王妃，将母子二人带到了那罗陀仙人的住所。因此，普拉拉达自幼便浸淫于信仰毗湿奴的环境中，耳濡目染，变得与父王截然不同。——译者注

诉我的，他就在我心中。”

听闻此言，希兰亚卡西普愈加生气，喊道：“毗湿奴是什么东西？他对你来说又算什么？居然敢叫你当着我的面称赞他，我可是三界的主宰！”

“毗湿奴，”年轻人回答道，“是整个宇宙的主人。这宇宙包括我，也包括您，父亲。他的神力主宰着世间万物，甚至也包括您自己。所以，您为什么会觉得我对他的称颂是一种冒犯呢？”

“和这小兔崽子一起滚吧！”魔王怒吼道，“让他回去接受教育，好好学习学习真正的智慧。他究竟是怎么学会辱骂我，赞扬我的敌人的？”

普拉拉达回到了导师的房间。在那里，他一心一意，悬梁刺股，对宗教知识的方方面面都钻之弥坚。几天后，他的父王再次召见了他，让他背几首诗。按照古印度诗人的习惯，在诗的开头往往要呼唤神的名字，而年轻人喊出的名字仍是毗湿奴。听到宿敌的名字，一旁的希兰亚卡西普再次动怒，叫身边的侍卫抓住自己的儿子并体罚他；声称他无君无父，数典忘祖。按照国王的吩咐，檀那婆们猛烈殴打起了年轻人，但他全身心冥想着毗湿奴，丝毫感觉不到肉体的痛楚。父王答应他，只要他不再说毗湿奴的好话就能放过他；他却回答说，他心中不朽的守护者足以帮他战胜一切苦难，因此，他不需要结束体罚。

希兰亚卡西普对此恼羞成怒，愤恨难平。他叫来了蛇神那伽，让他们用毒液杀死自己的儿子。蛇王们用致命的毒牙咬遍了王子全身各处，可全身心投入祈祷的王子却对这剧毒毫无惧色，觉得不痛不痒。反倒是蛇王们喊道："哦，大王，我们的獠牙都折断了，我们的头冠都破碎了，我们浑身都烧痛了，可那年轻人却毫发无损，您恐怕需要其他人的帮助。"

魔王闻言，招来一群山岭般巨大的神象，让它们把自己的儿子踩死。

得令的象群一拥而上，朝他踩去。然而面对这恐怖的攻势，普拉拉达只是说："这些大象的尖牙刺不透我的身体，这并非因为我自身的力量，而是源于我心中的毗湿奴，他能保护我免遭一切厄难。"

魔王不甘心，又喊道："让大象都走开，用火把这个逆子烧死！"檀那婆们得令，在普拉拉达周围垒起了小山般的柴堆，并将其全部点燃。然后，魔王命令大风吹向火堆，让火焰的温度迅速升高。可即便如此，年轻人仍对父亲说道："就算有风力的加持，火焰也不能伤我分毫。现在我周围的空气清凉又芬芳，我就像置身花丛中一样。"

这时，国王的祭司们赶来了。这些博学多识的婆罗门们说道："哦，大王，不要将您的怒火朝着这年轻人发泄。青年正是犯错误的时期，您不需要为您的儿子感到

普拉拉达战胜象群

如此难过。让我们来教导他吧，我们将教会他怎样为战胜我们的敌人而努力。只不过，如果他仍如此虔诚地信仰毗湿奴，我们会不惜一切代价让他死去。”

思虑一番后，达伊提耶之王又一次将儿子送去了他导师的住处。但就算在这里，普拉拉达也没闲着，而是竭尽全力向年轻的达伊提耶们宣讲毗湿奴的神话。“不要让你们的心灵，”他说，“被时间与感官局限。出生、成长与成熟转瞬即逝，衰老与死亡接踵而至。一味耽于享受的结果，只有与所爱之物分离的无尽悲痛与悔恨。看啊，倘若年轻人挥霍青春，纵情声色，步入中老年以后，都会变得愚昧无知、体弱多病，再也没有力气去从事那些本该年轻时完成的工作。苦海无边，就让毗湿奴成为你们的归宿。幸运的人不应该向不幸的人炫耀，痛苦的人也不应该嫉妒幸福的人，控制两种极端的不良情绪，是让双方都快乐的唯一办法。不要想着通过投机取巧或时来运转来获得长久的满足，要知道，只有通过对毗湿奴的虔诚信仰，才能获得真正的平和与快乐。这种喜悦，不论人还是兽，不论神还是魔，都无法夺去。你们从智慧之树上采摘的果实将永远美味。”

以上便是普拉拉达向达伊提耶一族的年轻人们传播的善意。只不过，由于害怕主上龙颜大怒，有些人还是将消息报告给了国王。听闻此事，希兰亚卡西普大为光火，招来自己的御厨，对他说：“那个可恶的混蛋，我的儿子，想用他恶心的教义污染其他人的灵魂。快！将毒药混进他的食物里，让他马上从世界上消失。”

御厨们准备了致死的毒药，将其混进所有献给普拉拉达的食物中。普拉拉达也照常将其吃下。但由于他长年累月地观想永恒之神，毒药在他的体内变得毫无作用，他若无其事地消化了所有食物。御厨们将此事禀告了魔王。

希兰亚卡西普随即招来了祭司们，让他们通过各种神秘仪式置自己的儿子于死地。祭司们站在那年轻人面前，念诵了《吠陀经》中的祭文后，对他说道，“哦，王子啊，你生在达伊提耶之王家中，你的父亲已主宰三界，你又需要神灵做何用呢？为什么还要追求永恒之道呢？既然你父亲是三界的主人，你将来也必将继承他的王位。所以你应当称颂你的父亲，而不是他死敌的名字。”

普拉拉达回答他们说：“高贵的婆罗门，你们对我血统的神圣说得没错，对我种族的伟大也说得没错；对我父亲掌控三界的威能，你们同样说得没错。在这些事情上，我都毫不反对你们的观点。然而，若说我与永恒之主一点关系都没有的话，你们实在太愚蠢。”然后，他沉默良久，仿佛在嘲笑那些他本该尊敬的师长。可接着，他忽然咧嘴笑了起来，说道：“说真的，我能从永恒之主那里得到什么呢？真是个好问题啊，尤其对于你们这样德高望重的长者来说！如果你们真要问我是否有虔诚的信仰，那我反倒要教教你们，如何接触那永恒的存在了。正是他创造了人生的四大意义——仁义道德、饮食男女、福禄寿喜与四大皆空——难道不是吗？所有这一切，都是毗湿奴赐予人间的宝物，可你们居然却问为什么还要追求永恒之道，作为我的老师，你们说够了吧？也许你们才是对的，这本来就不是我自己判断错误的问题。”

祭司们回答道：“小子，我们本来试着挽留你，却低估了你愚昧的程度。既然你还是固执己见，我们将会举行置你于死地的仪式。”

可普拉拉达又说：“你们说的‘死’又算什么呢？毕竟真正的死亡只能由本人的善恶定夺，不是上天堂，就是下地狱。”

祭司们忍无可忍，用魔法仪式造出了一个人形的女怪物，她浑身火焰，走过的土地都会被烧成焦土。她见到王子，便用燃烧的三叉戟刺向他的胸口，可永恒之主当即从他胸口放出一道闪电，击碎了那恐怖的兵器。接着，进攻失败的女怪物竟反过来攻向她的创造者们，将他们赶尽杀绝。普拉拉达看见他们的死状，朝不灭的神灵祈祷道：“哦，您，全知全能的神啊，保护这些婆罗门免遭烈火的伤害吧！如果说，鉴于我对您的虔诚信仰，我对给我下毒的厨师、将我踩踏的巨象，或是其他想置我于死地的人们都毫无恶意，那么，请让这些达伊提耶的祭司们得以延续他们的生命吧！”

紧接着，他的祈祷便得到了回应：祭司们不仅原地复活了，还毫发无损、容光焕发。在祝福王子事事顺心后，他们找到了达伊提耶之王，告诉了他刚才发生的事情。在得知祭司们的法力都对自己的儿子无效后，希兰亚卡西普找来了他的儿子，向他询问他无敌的秘密。

“普拉拉达，”他说，“你奇迹般的力量究竟从何而来？那是一种魔法吗？还是你与生俱来的天赋呢？”

“我所拥有的力量，”王子回答道，“既不是我生来固有的，也不是靠魔法获得的。它属于一切心中怀有毗湿奴的祝福的人。我在世间万物中都看见他的存在，因此，我对众生都毫无恶意。同理，不论肉体的疼痛还是精神的压力，不论神灵的折磨还是凡人的伤害，对我都毫无作用。”

听闻此言，达伊提耶之王皱起眉头，脸色发黑。他抓起自己的儿子，从王宫的塔顶猛力掷出去，把他摔在悬崖峭壁上。普拉拉达从山崖上滚落，可由于心怀对毗湿奴的信仰，他在半空中变得轻如鸿毛；落地后，抚育万物的大地母亲也将他稳稳地托在自己腿上。

看着普拉拉达历经九死一生仍毫发未损，希兰亚卡西普亲自动身，前去寻找大法师商波罗。商波罗向魔王保证，自己一定能让普拉拉达迅速死亡。这个自负的魔鬼朝王子施下了各式各样的诅咒，但由于王子时刻默念着万物之主的名号，一切诅咒对他而言都是无用功。魔王又让大风吹走、摔死他的儿子。普拉拉达周围吹起了刺骨的寒风，寒气渗入了年轻人的四肢百骸。但他心中万物的守护者以愤怒之火驱散了寒气，使之失去了作用。

在种种杀死王子的计划接连失败后，魔王稍稍收敛了恨意，又一次把儿子送进了老师的房子。这一回，老师不遗余力地教导他，并最终宣布王子已经彻底掌握了帝王之术。于是，希兰亚卡西普召见了普拉拉达，向他提出各式各样关于君主职责的问题，例如在丰收、歉收与生产停滞的年份如何处理经济问题；如何选择结盟的国家；如何征服森林与山地的部落；以及其他类似的大小事情。对于这些问题，普拉拉达回答道："哦，父王！老师们倾囊相授，我也用心地掌握了这些知识，但我不敢苟同我所学到的一切。比如说，您提到许多关于征服敌人与结交盟友的准则，但我既没有盟友也没有敌人，我又该如何去实践这些指导呢？只有让人解脱心为形役之苦，才是真正的大智慧，您说的这些只不过是小聪明。至于何为真正的大智慧，还请允许我仔细陈说一番。只有那些一生都不戚戚于富贵，汲汲于贫贱的人，才能真正广聚钱粮、稳坐江山。天下攘攘，皆为利往，但人的伟大并不在于他本身贫富贵贱，而在于他是否以德配位。位高权重的愚者与懦夫数不胜数，但真正伟大的事业与最终的成就感，只属于那些以仁慈之心泛爱他人，并为积善行德竭尽全力的人。只有这样的人，才能在宇宙的角角落落都看见毗湿奴；也只有这样的智慧，才能让永恒之主真正满意。”

至此，达伊提耶之王又一次动怒，气得从宝座上跳了起来，一脚踢开了普拉拉达，吩咐手下的兵卒道：“喂，你！还有你！抓住他，捆住他，把他扔到海里，要不然整个种族都要被他邪恶的思想污染了！不管怎么禁止，他都不会停止赞扬我永恒的敌人！”

于是，兵卒们把普拉拉达五花大绑，扔进了海里。当时的海面波涛汹涌，仿佛要吞没整个世界。看见自己的儿子安全地漂浮在水面上，魔王命令手下人朝他抛去无数石块，这样一来，就算他不被砸死，也会被石块压着沉入海底。达伊提耶们立刻朝普拉拉达掷出一块块巨石，石块在他身上堆积成山丘，从海底一直抬升到海面。可就算被压得透不过气来，普拉拉达心中依旧想着万物之灵毗湿奴，并声嘶力竭地向他祈祷。在漫长的冥想后，他发现自己已经臻于天人合一的境界。智慧的化身，永恒的毗湿奴，如今便存在于他灵魂的每个角落，净化了他身上的一切污浊。感知到毗湿奴的存在后，他身上的枷锁不攻自破，海洋在他的神力面前涌起洪波，深海中的众生为之颤抖，地上的群山也随之震动。就这样，王子挣脱了身上积压的层层巨石，从海底游上了海面。

当他再次看见海面上的世界，发现自己的元神已经回归本体时，当下便开口赞颂起了毗湿奴，那永远受人尊敬的众生的灵魂。这时，身着黄袍的神灵亲自出现在他面前，在接受了普拉拉达毕恭毕敬的行礼后，他询问王子想实现什么愿望。普拉拉达回答道："在我灵魂注定经历的种种考验中，我从未放弃过对您的信仰，哦，尊敬的神啊！"

"这，"毗湿奴说，"是你通过经年累月的冥想，靠自己获得的成就，不用再提了。换一个愿望吧。"

王子回答道："唉，我的父王曾对我施下累累恶行，并三番五次想置我于死地，不论是用毒药，用毒蛇，用巨象的践踏，用恶毒的诅咒，还是其他的方式。只不过，在我对您的信仰与您对我的保佑下，我侥幸从这些磨难中活了下来。所以，请让他得到所有人的原谅。"

"不论你提出怎样的愿望，我都将替你实现，"神灵说，"不过我还允许你再许一个愿望，说吧，达伊提耶的王子！"

于是年轻人回答道："我不想再要求什么恩赐了，因为我已经拥有了一个人所能想象的一切。不论财富、权位还是美德，对我都已不再有吸引力了，对于一心信仰着您的人来说，一切欲望都是虚妄。"

于是，毗湿奴祝福了他，便从他眼前消失了。年轻人回到了父亲身边，朝他致敬，告诉了他方才发生的事情。听闻此事，他的父亲也开始忏悔，并拥抱了自己的儿子，从此善良相待。直到父亲死去，普拉拉达也都一直以崇高的敬意侍奉他，为他事事鞍前马后。

希兰亚卡西普的故事还有另一个结局。在那个故事里，愤怒的毗湿奴化身为狮头人身的怪物将他杀死了。在一些版本的叙述中，魔王与他儿子之间的争斗一直持续着。正是父子间关于信仰的矛盾，导致了希兰亚卡西普的最终陨落。他们说，为了驳斥儿子“毗湿奴无处不在”的观点，希兰亚卡西普想亲自确认毗湿奴是否在宫殿内的某根柱子里，便将其砸得粉碎。这时，庞大的狮头人身怪便从柱子中现身，将达伊提耶之王撕成了碎片[①]。

不论如何，普拉拉达最终继承了父亲的王位。在他统治达伊提耶一族的无数年月里，他的国家都繁荣昌盛，这是他全身心投入治国大业，并为自己臣民的福祉鞠躬尽瘁的结果。

---

① 就像罗波那一样，希兰亚卡西普向梵天要求的神恩是“不论人或神，白天或晚上，城内或城外，天上或地下，武器或徒手都无法将自己杀死”。这一要求看似完美却有漏洞，于是毗湿奴化身为人狮，在黎明时分的城门边上，将他按在自己的膝盖上，用利爪将他撕碎，完美地避开了原本的条件。——译者注

库瓦罗叶什瓦的故事[①]

曾经有一位国王名叫萨特鲁吉特。这个名字的意思是“敌人的征服者”，而他也的确人如其名，能征善战。国王的儿子名叫力图杜瓦伽，他各方面的能力也都不输给自己的父亲：战无不胜，满腹经纶，又玉树临风。

王子的生活充满了对知识的学习与对欢乐的追求。有时，他献身于神圣经文的研究；有时，他学习各家流派的兵法；有时，他醉心于诗词、歌曲、戏剧与博弈；还有的时候，他练习使用各种武器的技巧。在这些形形色色的活动中，许多其他国家的王子成了他的朋友，他们与他出身同样的武士阶级。同时，他也欢迎一些年轻的婆罗门，以及低种姓中的富家子弟成为自己的朋友。

有一次，两个年轻的那伽从阴间来到人类世界游玩，他们是尊贵的蛇神之王阿斯瓦塔拉的儿子。在化身为婆罗门青年后，他们也成了力图杜瓦伽的好友，与他

① 本故事出处不明。——译者注

共同度过了数日，一同参与了许多欢乐的活动。时间长了，王子与两个那伽青年之间的友谊日渐深厚，直至三人变得形影不离。当听到二人即将离去的消息后，王子茶饭不思，不论多剧烈的运动都难以缓解他的苦闷。在白天，那伽兄弟俩与王子共同生活；而到了晚上，他们便回到了九泉之下的帕塔拉[①]，等待着新一天的到来，让他们得以再度回到他身边。

一天，那伽兄弟的父亲召见他们，问道："告诉我，亲爱的儿子们，究竟是谁在阳间与你们如此亲密？"

兄弟俩回禀他们的父王："我们的密友是萨特鲁吉特国王的儿子，一位高贵而正直的英雄。他心地善良，博学多才，英俊潇洒，痛恨一切寡廉鲜耻的行为，自身又有着无数光辉的美德。因此，我们对他心生向往。对我们而言，陪伴他甚至好过待在自己的家乡。他的存在像阳光一样，让我们感到温暖与欢愉，也令这那伽的世界显得寒冷而苦闷。"

对此，他们的父亲回应说：

"那么，他真是一位快乐的王子，他的父亲也应该是一位圣明的君王，否则你们也不会在离开他之后仍对他如此赞誉！世上有饱读经典的恶人，也有目不识丁的善

---

① 那伽一族居住的地下世界，虽然同样位于远离阳间的九泉之下，但与死神阎魔执掌的冥界并非一处。——译者注

人，然而最值得敬重的却是那些既通晓神圣经典，又对他人一片赤诚的人。这样的儿子是他父亲的骄傲，他的朋友们都称道他的善良，他的敌人们也都承认他的勇敢。毫无疑问，这位尊贵的年轻人一定赠送过你们礼物，因为他肯定乐意满足好友的一切需求！只要那位王子乐意，他便能拥有这宫室里的一切，无论是无生命的财物还是有生命的动植物。既然你们曾领受他的大恩大德，那么来而不往便是一种耻辱！”

蛇王的儿子们听了回答道：“哦，父王，现在的问题是，咱们拥有的财物中，又有什么是那位高贵的王子所缺乏的呢？他的金银与珠宝、首饰与服装、骏马与战车在帕拉塔都鲜为人知。他还拥有无人能及的海量知识，就连最智慧的人也奉他若神灵。而在战绩方面，除了梵天、毗湿奴、湿婆等几位大神，他开疆拓土的伟业也罕有匹敌。”

听闻此言，那伽之王阿斯瓦塔拉十分好奇，让儿子们将他们密友的故事告诉自己的族人。“只要拥有坚定的信念，”他说，“人就可以成为神，或达到其他超越自身的崇高境界。对于那些能掌控自己的灵魂，并朝目标持续努力的人来说，几乎没有做不到的事情。众所周知，北极星离大地遥不可及。可即便如此，仍然有一位王子到达了北极星的高度，成了它的主人；哪怕他曾经只是一介凡人。”

虽然那位王子和北极星之间的故事和我们此处要讲的故事关系不大，但无论如何，既然被引用了，它都值得一讲。此外，它与接下来的情节也并非毫无关联。

北极星之神——陀鲁婆的故事

从前，有位国王名叫乌塔那帕达，他有两个王妃：苏尼蒂和苏鲁齐。在两位王妃中，国王更宠幸苏鲁齐，和她生下了儿子乌塔玛，而苏尼蒂的儿子名叫陀鲁婆。

两位王子年纪稍长后，有一天，乌塔那帕达国王把苏鲁齐的儿子放在膝盖上逗弄，五岁的陀鲁婆见此，也想爬上父亲的膝头玩耍，但父王根本没有理会他。看见不得宠的王妃的儿子也想从自己的孩子那里争夺父亲的宠爱，苏鲁齐当着国王的面，傲慢无礼地指责他道："你本来就不配拥有这份待遇，为什么还要追求它呢？如果你想要的话，就去求那至高无上的神吧！"

听到这伤人的话语，年幼的陀鲁婆心如刀割，如蛇般声嘶力竭地悲咽着，他离开了父王，回到母亲身边。听闻此事，苏尼蒂如藤条着了火一般地心痛，号啕大哭起来。哭罢，她说："我的敌人说得对：只有通过祈求至高无上的神灵，我们才能超越自身的卑微。"

听见母亲也这么说，小男孩振作起来，离开父王的宫殿，开始寻找与神灵沟通的方法。在路上，他遇见了智者那罗陀。智者抚摸了他，给了他祝福，说道："你还太小，不应该过分纠结于尊严和屈辱的问题。只不过，如果你真的想不通的话，请记住，世间万物皆由天定。你的目标并不容易实现，因为你想追求的神灵高不可攀。有时，就算是累世修行的苦行僧都无法触及他。人要学会听天由命，因为只有满足才能带来救赎。尊敬上级的人，往往也能关怀下级，并与同级相互友爱。所以说，这有什么可悔恨的呢？”

陀鲁婆回答说：“你说的那些人的确难以达到那样高远的目标。但我出身武士阶级，再加上苏鲁齐的话让我满心愤懑，我一定要超越过去的所有人。既然你像太阳一样周游列国，为天下苍生的福祉而努力，那么，请告诉我你所知道的修行方法吧。”

那罗陀听了十分感动，对陀鲁婆产生了好感，说道：“你也许真的可以像你母亲说的那样成功。去玛度文吧，至高无上的赫利[1]就在那里。你要在神圣的河流中沐浴，在神圣的草甸上坐下，节制一切口腹视听之欲，一心观照本尊。”

听了智者的话，陀鲁婆动身前往玛度文。随后，那罗陀也进入了乌塔那帕达王的都城。他看见国王脸色苍白又闷闷不乐，便向他询问原因。国王对智者承认了自己对小儿子的残忍，他说，他感到陀鲁婆恐怕注定要被

① 《吠陀经》中对主神、至高神的称呼，本故事中指毗湿奴。——译者注

野兽吃掉，或惨死在森林里了。他还承认，自己被女人左右，实在是太昏聩了。可那罗陀对他说："放轻松，你应当了解你儿子的实力。他将战胜最伟大的人都难以克服的困难，并最终胜利归来，替你光耀门楣。"于是国王放下了悬着的心，开始想象儿子未来的丰功伟绩。

与此同时，在玛度文，陀鲁婆正遵循严格的戒律修行。日复一日，月复一月，他抑制感官的欲望，提高精神的专注力。他专心致志地修炼，让世间万物都感到敬畏。过了很久，众神找到至高神赫利，请求他查看王子修行的状况，并考虑答应给他一些恩赐。赫利听说了陀鲁婆的故事，答应他们实现王子的愿望，并让他们不要惊恐。然后，他骑上迦楼罗朝玛度文飞去。在那里，陀鲁婆正集中精神，在心中想象神灵的样子。当赫利靠近他时，王子的眼中已容不下周围其他一切事物了。于是，大神驱散了王子心中观想的图像，他立刻解除了冥想状态，睁眼看见了赫利真实的样子。他想朝对方致敬，却发现自己年纪太小，还不懂迎神的礼节。见此，赫利抚摸着陀鲁婆的脸颊，陀鲁婆的脑中顿时感受到了对至高神的理解，一张口，礼赞神灵的经文便滔滔不绝地涌出。

神灵对王子的虔诚十分满意，说道："我将赐予你他人难以企及的崇高地位。当你继承你的王国之后；它将处于众神与仙人环绕的中心位置。你的父亲已厌倦了尘世，他即将进山修行；而你自己则将统治人间六万三千年，一生无灾无病。离世后，你将来到我身边，享受世间众生的稽首膜拜。”

毗湿奴如是说罢，便乘着迦楼罗返回天界去了。然而陀鲁婆从未享受过如此丰厚的神恩，仍然只想着反抗苏鲁齐对自己的责难，并没有追求终极救赎的意思。不过，他也同样感到自己过去的理想还不够远大，对宗教信仰的理解也不够透彻，就像一个穷人朝皇帝讨要带谷壳的糙米。

就这样，他回到了父王的国都。乌塔那帕达国王几乎不敢相信儿子学成归来的喜讯，连忙坐上黄金马车前去迎接。迎接王子的还有许多婆罗门、长老、朋友与臣民，他们在号角、大鼓与笛子的乐音中簇拥着国王的马车，两位王妃也坐着另一辆马车紧随其后。国王含着泪拥抱了自己的儿子，而曾经嘲笑过他的苏鲁齐，如今也朝他祝福、鞠躬。随后，陀鲁婆的父亲还为他在宫里特别准备了一间住所，内里装饰得富丽堂皇，外面也环绕着美丽的大树、灌木丛和水池，莺歌燕舞，蜂蝶往还。国王仔细聆听了王子精诚所至，感天动地的故事，对此大为惊喜。在充分领略了儿子的才能后，他厌倦了堆案盈几，开始进山修行。

不久后的一天，苏鲁齐的儿子乌塔玛外出狩猎，在山中被一个夜叉所杀。陀鲁婆刚刚确立了自己唯一继承人的地位，便立刻前去为兄长报仇。夜叉们奋力反抗，朝国王泼洒出漫天箭雨，遮蔽了他的身形。天上的仙人们见此都不住叹息。可谁知，就在陀鲁婆的敌人们准备欢庆胜利之际，他的马车忽然从战场中冲出，仿佛太阳驱散晨雾。他弯弓搭箭，恐惧随着他的箭矢在敌群中蔓延。他以风卷残云之势打破了敌军的阵型，并以雷霆万钧之力将他们的身体连同盾牌与缰绳一同撕裂。一时间，战场上堆满了千疮百孔的盔甲与残肢断骨的尸体。为了阻止国王肆无忌惮的单方面屠杀，夜叉们乞灵于法术，制造出猛烈的天灾与诡异的幻象。可是陀鲁婆射出一支有魔力的箭矢，瞬间便打破了所有幻象。之后，他再一次猛烈进攻，杀死了数以千计的敌人，将对方逼入绝境。

看见陀鲁婆屠杀夜叉的冷酷无情，人类之父摩奴[①]前去阻止。摩奴说，他这样做完全是出于激情与恶意，因为他杀死的大部分夜叉都与自己的兄长无冤无仇。此外，这样做不仅会激怒夜叉之王俱毗罗，还会让他的灵魂充满仇恨，继而失去来自赫利的智慧。于是，陀鲁婆

---

① 摩奴的故事与基督教神话中的诺亚十分相似：上古时期，他从河中救下毗湿奴化身的神鱼；作为回报，神鱼向他预言了大洪水到来的消息，并催促他造船逃生。洪水退去后，摩奴凭借法力重新创造了花草树木，鸟兽虫鱼，还创造了一个女子，与她结合，重新繁衍出整个人类族群。在古印度的观念里，每当世界毁灭与新生之时，摩奴的故事都会重演，因此，从人类诞生到洪水灭世的时间也被称为“摩奴期”。——译者注

停止了杀戮，剩余的残兵败将都感激他的不杀之恩，就连俱毗罗本人也感谢他及时止戈。

战斗结束后，陀鲁婆回到了自己的王国，祈祷自己对赫利的信仰和由此得来的智慧不因杀戮而消失。在此后的几千年里，他都尽职尽责地统治着自己的臣民。在生命的最后阶段，他再次回归修行，并周游列国求道。就这样，他与至高无上之神的沟通越来越紧密。

最后，一架华丽的神车从天而降，停在陀鲁婆面前。车上坐着两位神灵，他们对他说："你在五岁时便获得了进入毗湿奴神国的资格，那是七大仙人[①]修炼了数千年都无法取得的。现在，乘上我们的车，去往那允诺的地方吧——世间众生为之稽首的国度！"

陀鲁婆国王坐上了神车，在天籁高鸣中飞向位于三界之外的毗湿奴神国。四方上下的神祇都交口称赞陀鲁婆的伟业。

通过森林中的修行，这个伤心的五岁小孩不出几年，便取得了那些苦行僧累世修行都达不到的崇高境界。从此，他成了北极星之神，像纯洁无瑕的宝石一般闪耀在三界之巅，满天光芒璀璨的星辰都围绕他旋转。

---

① 七大仙人代表北斗七星。据《广林奥义书》记载，其包括乔答摩、持力仙人、众友仙人、食火仙人、极裕仙人、迦叶波、阿低利。其他古籍也记载了不同的七仙人名单，有时将投山仙人也列入其中。也有人认为，14个摩奴期中的每一期都有不同的七大仙人。——译者注

让我们把目光放回那伽王阿斯瓦塔拉和他的两个儿子身上。

为了回应父王的祈求，两位王子向他讲述了他们的挚友告诉他们的，跌宕起伏的冒险故事。

有一次，一个著名的婆罗门牵着一匹高贵的骏马来到王子的父亲萨特鲁吉特国王面前，对他说：“哦，大王，有个邪恶的达伊提耶在我的隐居处大肆作乱。他经常变成狮子、大象和其他野兽的样子。每次当我想静下心来修行时，这个讨厌的魔鬼都会来打扰我，破坏我苦心修炼的成果。有一天，我不堪其扰，在内心深深忧叹。”

“这时，这匹神马便从天而降。同时，我听见心里有人在说：‘这匹马能永不喘息地逐日而走，周行天下，还能飞天入海、来去阴阳两界。它名叫库瓦罗叶，为你而生。带它去找特鲁吉特王吧，他那高贵的儿子只要骑上神马，就能帮你除掉那烦人的檀那婆，并为自己赢得不朽的威名。’就这样，我将神马带到了您面前。哦，大王，向你的儿子下达指令吧，如果神灵说得没错，那么他将延续您的荣光。”

萨特鲁吉特国王接过了神马，并叫来自己的儿子，帮助他骑上了马。于是王子改名为库瓦罗叶什瓦[1]，与贤者一起踏上了光荣的旅程。接下来，他与婆罗门一同隐

---

① 意思是“库瓦罗叶(Kuvalaya)是他的马”。

居修行了一季，克服了重重困难，并保护婆罗门完成了诸多神圣仪式。

这时，那狡猾的魔鬼又一次骚扰贤者，却因为骄傲自满而对库瓦罗叶什瓦的到来浑然不觉。他化身为一头野猪，靠近了那仙人举行夜间祭祀的场所。听见野猪的叫声，王子立刻翻身上马，朝对方追逐而去。王子拉开强弓，用一支月牙箭射中了野猪，重伤的野猪立刻逃进森林深处，王子胯下的神马也紧追不舍。

猎手追逐着那猎物，一路马不停蹄地奔跑了数千里。最后，飞奔的野猪坠入了一条大裂谷，紧随其后的王子也随之跌落谷底，被无边黑暗吞没。当他再次看清周围的事物后，发现自己来到了帕塔拉，却看不到那野猪的踪影。王子走着走着，忽然看见一座灯火辉煌的城市，那里有一层层高耸的城墙与一座座金碧辉煌的宫殿。进入城门后，他左顾右盼，却始终看不见一个人，除了一个一路小跑的女人。他朝她问道："你要去哪里？"可女人二话没说便跑进了一座宫殿。王子一头雾水，却毫不畏惧地跟着她走了进去。

在宫殿内的一间房子里，他看见一个少女卧在一张金垫子上，她有着迷人的大眼睛与婀娜的肢体。王子震惊地端详着少女的美貌，认为她一定是冥界的女神；而她看见对方尊贵的仪表与魁梧的身形，也将他视作了爱神本人。少女又惊惧又羞涩，蜷缩在床垫上瑟瑟发抖，心想对方到底是天神、那伽还是乾达婆，抑或是某位超凡的大英雄？看见她惊恐的样子，王子安慰她不要害怕，而旁边的另一位少女也连忙拿扇子朝她扇风，想让她放轻松。于是，她恢复了神智——因为刚才她的确晕过去了。

在确认金垫上的少女安然无恙后，她的女伴讲述了她的故事："这个女孩名叫玛妲拉萨，是乾达婆王的女儿。帕塔拉有个凶恶的檀那婆，他在一座花园里看见了她，把她抓到了这里。可在被抓走之前，她便预知到檀那婆无法和她结婚，因为在那之前便会有人来救她，并在人类世界把那个强奸犯用箭射死。至于我？哦，英雄，我是她的同伴，名叫坤达拉，我的丈夫已经被杀死了。为了来到这地下世界，我曾经满世界流浪。至于那个檀那婆，他已经化身为野猪，去阳间阻挠几位圣人的祭祀。看起来，就像预言中说的那样，他现在已经遭遇了某人的攻击。而这位小姐之所以会晕倒，是因为她对你一见钟情。除了你，没有人更适合做她的夫君了。我请求你告诉我，你究竟是谁？是天人还是乾达婆，那伽还是达伊提耶？这个地方凡人是进不来的，而凡人也不可能像你这般英明神武。"

库瓦罗叶什瓦回答道："长话短说吧，尊敬的女士。我是萨特鲁吉特王之子，父王派我来保护虔诚的贤者，将恶魔赶出他隐居的地方。在那里，我遇到了化身为野猪的魔鬼，于是我骑上马，用月牙箭射伤了他，并一路追逐他。最后，我和我的敌人一起坠入了深谷。在谷底上下求索之后，我在这宫殿里遇见了你们。至于我的族属？我既不是天神也不是乾达婆，只是一个凡人，众神的崇拜者，美丽的坤达拉。”

听了他的话，玛妲拉萨满心欢喜，满脸通红地看着自己的朋友。坤达拉说：“哦，英雄啊！这位小姐为你的到来而感到欣喜，因为预言中，正是你杀死了那邪恶的檀那婆。所以请带她走吧，哦，英雄啊。为了让她高兴，请按照规矩和她举行婚礼。”

在没有祭司主婚的情况下，王子亲自找来了柴火与神草，点燃了圣火。他自己便通晓经典，因此还亲自背诵了相关的篇章，邀请美丽的少女参与仪式。

见此，坤达拉对伙伴说道：“既然你拥有了夫君，我亲爱的，我的心愿便满足了。接下来，我将踏上朝圣与忏悔的旅途，去洗净我的罪孽。”

片刻后，她又对两位新人说：“哦，智慧过人的男子啊！既然连同侪都难以给予你忠告，那我这卑微的女子又能说什么呢？只不过，为了我可爱的女伴的爱，我斗胆向你诉说：哦，征服天下的英雄啊。让你的妻子与你比翼连理，你们的结合让你拥有信仰、财富与爱情。对一个男人来说，这三者都是最神圣的东西。你们要爱护并珍惜彼此，一同拥有财富、子孙、幸福与长寿。”说罢，她拥抱了自己的伙伴，便如约踏上了自己的旅途。

完婚后，萨特鲁吉特之子立刻将新娘抱上神马，准备带她离开。可周围的檀那婆们看见了他们，喊着那珠玉般的美人和王子征服恶魔获得的神兵利器都要被带走了。他们一边叫他停下，一边朝他乱箭射去。然而库瓦罗叶什瓦只是哈哈大笑，仿佛敌人的攻击不过是普通的体育运动。只见他朝檀那婆们祭起一件神奇武器，把他们连同自己的宿敌一同烧成了累累白骨。

消灭了敌人后，库瓦罗叶什瓦便带着珍珠般美丽的妻子回到了父王的都城，向他讲述了自己在追逐恶魔的途中遇见妻子，又为她战胜檀那婆军队的故事。

听了儿子的讲述，萨特鲁吉特心花怒放，热情地拥抱了他，说道："我真为你高兴，我的儿子，你将神圣的贤者们从恐惧中解救！我致力于延续列祖列宗的光辉事迹，如今，你也在其中又添一笔！那些单纯继承了祖先的基业，却对之不增不减的都是庸君；只有凭自己的实力建立全新的功勋，为家族的荣耀翻开崭新一页的君王才是真正的伟大！在我有生之年，也许同样能把婆罗门们从魔鬼横行之地解救出来；然而你在帕塔拉所做的，却是比我更伟大的事业。因此，你已是人中龙凤，完全不需要仰赖父亲的名誉而活。那么，我的儿子，去和你的妻子白头偕老，一起享受荣华富贵吧。"

说完了这些赞美的言语，国王再次拥抱了自己的儿

库瓦罗叶什瓦战胜众檀那婆

子，便让他离去了。在接下来的一个季度里，库瓦罗叶什瓦在父亲的王都与周围的乡间度过了欢乐的时光。他美丽的新娘一直陪在他身边，与公婆相处十分融洽，并得到了他们的喜爱。

此后的某一天，萨特鲁吉特又对儿子说："去吧，我的儿子，骑上你的神马，穿越田野，去拯救那些圣人的隐居地吧，数以百计的檀那婆在那里为非作歹。"于是库瓦罗叶什瓦遵照父命，踏上了去远方保护仙人们的征途。

在那些檀那婆中，有一位名叫塔拉克图的檀那婆，正是王子曾经杀死的檀那婆的兄弟。这个狡猾的魔鬼化身为一位仙人，在亚穆纳河边建起了自己的隐庐。当王子从河边经过时，这位伪装成隐士的檀那婆对他恳求道："哦，王子啊，你是我们的救星。我有任务要完成，所以请求你帮助。我要举行一次祭祀水神伐楼那的仪式，请给我你的黄金项圈，并在我离开时保护我的茅舍。"

王子摘下了自己的金项圈，彬彬有礼地将它递给了塔拉克图，说道："去吧，尊敬的先生，心平气和地完成你所说的工作吧。没人能侵害你的居所，因为我在此守护它。遵照你的指示，直到你归来我才会离开。"

趁着王子看守自己的隐庐时，塔拉克图跳进了水里。接着，这卑鄙的恶魔便快速游向萨特鲁吉特的王都，在玛妲拉萨和其他人面前讲述了一个虚假的故事：

“在我隐居的茅舍前，英雄库瓦罗叶什瓦曾和一个邪恶的达伊提耶战斗，对方正试图阻挠圣人们虔诚的修行。战斗中，那达伊提耶借助魔法，用长矛刺穿了王子的胸膛。在临死之际，他给了我这个项圈；死后，他的尸体被烧成了灰烬。他尊贵的神马也被那可恶的檀那婆牵走了。所以说，哦，大王，事不宜迟，快举行必要的送葬仪式吧。同时，请把这项圈赐给我留作纪念，因为我们这些苦行僧不需要金银。”

他说罢便离开了。可在场的所有人都听信了他的谎言，内心悲痛欲绝；不论王公贵族还是黎民百姓，全都长号不禁。而英雄的妻子玛妲拉萨听闻丈夫的死讯，更是承受不住突如其来的悲伤，当即自杀身亡。

一时间，不论寻常巷陌还是三宫六院，全国上下都哀号遍野。国王自己也只能强忍住悲痛，安抚百姓道：“你们不必对我的儿子和他的妻子感到遗憾，因为他们的死亡都早已命中注定。你们要知道，如果我的儿子真的从邪魔手中保护了那些累世修行的贤者，并为此献出生命的话，他死后一定能升入天国。在夫唱妇随之外，为人妻者没有其他的生活，那些苟活世间的寡妇也往往受人鄙视。所以，请不要为我的儿子和他的妻子悲伤，更不要为我们——他的父亲和母亲悲伤。因为他是为守护人间正道、谋求众生福祉而献出了生命。因此，他也已经恪尽职守，足以偿还父母与婆罗门们的恩情。直到死去，我儿子一生的名誉都无可指摘，也无愧于他的父母与列祖列宗。”

王后——库瓦罗叶什瓦的母亲——也带着相同目的发表了自己的讲话：“听说我的儿子为保护圣洁的仙人们而战时，我的母亲和姐妹们都感受到前所未有的喜悦。那些夭折而去的，或是因疾病而死的人，他们的生命都毫无意义。可那些为正义战斗而牺牲，至死都没有背叛亲友，永不向敌人妥协的人，他们都是真正的男子汉和大英雄，他们是天下母亲的骄傲。”

却说檀那婆塔拉克图离开了王子的国家，沿着亚穆纳河游回到他身边，说道：“回去吧，哦，王子啊，我感谢你的襄助，我的任务已经圆满完成了。”

王子向他致敬，然后骑上骏马，以风一样的速度奔向父亲的国都。到达国都后，他看见满城上下一片悲哀，街上来往的行人都带着沮丧的表情。当居民们抬起头看见王子归来，都纷纷喜极而泣，催促他赶到父母身边，化解他们的忧愁。于是王子迅速赶回宫中，父母抱着他，比往日都愈加高兴。王子惊讶于所有人的变化，向父母询问事情的经过。得知爱妻已撒手人寰后，想到如此秀外慧中的女子竟为了自己的爱而轻生，他陷入了无边的羞愧与自责中。想着没有妻子陪伴的生活没有意义，自绝于世的巨大的代价又难以承受，他感觉自己十分自私。然而，从绝望中恢复理智后，他沉思道：“我为什么要放弃生命呢？我对已经死亡的她能做什么吗？对那些需要我的人来说，我的离去又何尝不是一种损失？就算我悲痛万分，我也不应该就此一蹶不振。作为一个男子汉，我不能被磨难击倒。只不过，我仍要对我往日的爱人表示尊重：从今以后，我将不再娶妻。”

就这样，他为妻子举行了葬礼，并昭告全国，自己将不再迎娶别的女人来代替他爱过又失去的玛妲拉萨。随后，为了彻底断绝对女人的爱，他愈发投入与其他王子的交游中，一刻不停。

以上种种，便是两位那伽王子对父亲讲述的故事。可蛇王听了，却感觉故事还未结束。他说，自己将开始禁欲苦修，以达到某种伟大的目的。只不过，他并未告诉儿子们背后的真实原因。他来到喜马拉雅山上，找到了萨拉斯瓦蒂河的源头，在那里遵循严格的戒律修行起来，渴望赢得这河流名字的来源——辩才天女[1]的垂青。日复一日，他热情洋溢地赞美着她创造语言与歌曲的不朽功业，咏唱着她种种强大力量的文学表征，称颂着她在宇宙中的崇高地位。最终，众神的代言人辩才天女被阿斯瓦塔拉的虔诚打动，说道：“哦，那伽之王，我赐予你一样好处。说吧，让我满足你内心的祈愿。”

“哦，女神啊，请赐予我，”阿斯瓦塔拉说，“掌握

① 梵天的妻子，梵语的发音同样是“Saraswati”。——译者注

一切声音的能力！”优雅的辩才天女答应了他的请求，说道——

每一种诗歌与符文，
每一段时间的印痕；
每一种声调与曲调，
每一段旋律与韵音。
如是，我赠予你，
这前无古人后无来者的厚礼。

在获悉了世间一切音律的秘密后，那伽之王唱起歌，赞颂起居住在喜马拉雅山顶的大神湿婆。他日以继夜地歌唱着，尽情施展出自己刚刚掌握的一切音乐技能。听到他的歌声，因啜饮剧毒甘露[①]而喉咙发蓝的湿婆感到十分愉悦。作为回报，湿婆决定实现歌者的一个愿望。阿斯瓦塔拉回答道：“哦，三眼之神啊[②]，如果您对我的歌声感到满意，请让库瓦罗叶什瓦的妻子玛妲拉萨成为我的女儿，并让她恢复死时的青春美貌吧。”

湿婆回复道：“好的，尊贵的蛇王，我将满足你的愿望。在你下次献祭的时候，只要你将祭品的中间部分吃

① 原文为“world-poison”(世界的毒药)，当指开天辟地时三大主神搅拌乳海产生的甘露。——译者注

② 传说湿婆额头有第三只眼睛，能放出毁灭世界的烈焰。——译者注

下，那美丽的女子便将从你体内重生，恢复她死去之前的姿态。”

事不宜迟，阿斯瓦塔拉根据湿婆的指导，将美丽的玛妲拉萨带回了人间。只不过，蛇王并未让世人知道她已复活，而是将这美丽的女子小心翼翼地藏在自己的密室里。

与此同时，两位那伽王子像往常一样，回到了自己阳间的密友身边，与他一同游目骋怀。有一天，他们的父王召见了他们，说：“为什么你们没有对你们的恩人说，你们要回赠他一件礼物呢？”

于是，二人找机会邀请库瓦罗叶什瓦到自己家中做客，但库瓦罗叶什瓦礼貌地回绝了：“没关系，这里就是你们的家。如果你们真的好心好意，想送我什么东西的话，把我的家和财物当成你们自己的就行了。我们是心灵相通的知己，本就不该将彼此视作外人。”那伽兄弟俩又说：“你说得确实有道理，可我们尊贵的父王曾说过，‘我一定要见到库瓦罗叶什瓦！’”最后，库瓦罗叶什瓦同意了：“那就如令尊所愿吧。”

他们离开了王都，一路跋山涉水，在历经漫漫长路后，两位王子将萨特鲁吉特之子带到了美丽的帕塔拉王国，在他面前现出了半人半蛇的原形。库瓦罗叶什瓦惊讶于他们镶满珠宝的兜帽与身上鲜艳的斑纹。一路上，兄弟俩向他讲述了他们的父亲，那伽王阿斯瓦塔拉的故事；他也爱上了地下世界美不胜收的风景与其中美丽非凡的居民，并沉醉于周围环绕的鼓声、笛声与歌声的优美旋律。

最后，他们进入了那伽的王宫，威严的阿斯瓦塔拉国王端坐在宝座上，身穿镶满着奇珍异宝的天衣，头戴珠光宝气的金冠。两位王子将库瓦罗叶什瓦引荐给了自己的父王，国王让自己的贵客平身，慈爱地拥抱了他，并向他说道："愿你长命齐天，战无不胜！在你到来前，小儿早已向我讲述了你的威名，它将永远流传后世。无德之人在活着时便已死去，而有德之人则为三界一切众生谋求福祉，他的成就也天人共鉴。"

这时，蛇王对他的儿子们说："那我们就先喝酒吃饭，满足一下口腹之欲；然后，我们继续与萨特鲁吉特之子谈笑风生。"按照他的吩咐，一场丰盛的筵席就此展开，库瓦罗叶什瓦享受着王室的最高礼遇。

饭后，在两个儿子的陪同下，蛇王对萨特鲁吉特之子说道："听好了，我的朋友，告诉我你想从我这里获得什么。如你所见，我家中的一切宝贵之物都在你眼前。请不要客气，尽情挑选你想要的礼物吧。"库瓦罗叶什瓦回答说："伟大的君王，在我父王的宫殿里同样有成堆的金银珠宝，因此我并不需要这些。那些在父亲去世前就拥有哪怕一小部分的财产，或是健全的身体、旗鼓相当的朋友的人，他们的生活如在天堂般快乐。而那些早丧考妣，一贫如洗，需要养家糊口，却永无恒产的人，他们的生活又是多么艰难。如果一个人足够富有，他便不需要再向朋友讨要任何东西。所以，我什么都不想要。”

见此，那伽王和蔼地微笑着，对自己儿子的挚友说道：“如果你心中没有金银珠宝，也可以寻求其他的馈赠，不要犹豫，告诉我那是什么吧。”

库瓦罗叶什瓦回答说：“大王，如果说我想从您那里得到什么，那么，您已经给了我最好的礼物了。作为一介凡人，我已经有幸拥抱过您神灵的躯体。只不过，如果您还要赠送我什么的话，请为我祈祷，祝福我永远将对公理的追求放在第一位。要知道，公正之心乃百善之根，一切善行都是其中生出的树木。至于财富与其他享受，以及对今世善行的报答，那只是树上的果实。”

“就这样吧，”那伽之王说道，“只不过，在离开之前，你还可以挑一样礼物。你在阳间已经拥有了黄金，那么，就找找别处找不到的东西。”

突然，库瓦罗叶什瓦脑中闪过一个奇怪的念头。他直勾勾地盯住自己的朋友，两位年轻的王子。后者看见前者的眼神，立刻朝父王下跪，然后，以如梦初醒般的语气说道：“我们尊贵的朋友曾有过一位美丽的妻子，她是乾达婆王的女儿。受一个邪恶的檀那婆的谎言蛊惑，她以为丈夫已死，悲痛中结束了自己的生命。于是，我们的朋友发誓：绝不会让任何女人代替他心中的玛妲拉萨。所以现在他真诚地渴望，如果能看到的话，一定要再看一眼亡妻的模样。”

可阿斯瓦塔拉回答说：“起死回生的力量只属于那些超越红尘的存在。除了在梦里，或是借由魔法之王商波罗的幻术，这种愿望又能如何实现呢？”

听闻此言，萨特鲁吉特之子在蛇王面前五体投地，说道：“如果您能让我看见玛妲拉萨的样子，哪怕那只是个幻影，都是您赐予我最好的恩宠了。”

“既然你这么说，我的孩子，”阿斯瓦塔拉说，“那么我便答应你的请求。客人的愿望就是我的法律。所以，擦亮眼睛吧。”

只见那伽之王一边以胡言乱语搪塞周围的人，一边将美丽的玛妲拉萨请出密室，带到了王子面前，问：“这就是你的妻子玛妲拉萨吗？”

看见妻子的模样，库瓦罗叶什瓦顿时泣不成声：“亲爱的！”他冲上去，想要拥抱她。可阿斯瓦塔拉却命令他停下，说道：“小心点，孩子！这只是个幻象，只要你碰到她，她的影像便会立刻消散。”

王子立刻吃惊得摔倒在地，半昏半醒间，心中满是怅然若失的悲怆。“哎呀！”他心底暗想，“这位蛇王虽然好心，却办了坏事，害我因对妻子的自责而忧愁无尽。虽然这的确是个幻象，但究竟是怎样的幻象，我还是不理解。”

玛妲拉萨回到了库瓦罗叶什瓦身边

这时，阿斯瓦塔拉王叫他起身，告诉了他整件事的经过，包括自己如何从死者的国度救回玛妲拉萨，以及他眼前的女子正是她本人，不是幻影，她正等着丈夫接她回家。在场的所有人听了，都兴高采烈。最后，库瓦罗叶什瓦再次带着爱妻骑上神马，回到父王的都城。在那里，人们为他们奇迹般的回归而喜出望外，举行了盛大的庆祝活动。后来，王子与他的妻子幸福地生活在一起。萨特鲁吉特王死后，库瓦罗叶什瓦继承了他的王位，英明地统治着自己的国家。

就这样，通过对妻子永恒不变的感情，这位年轻的英雄结交了尊贵的朋友，赢得了无可比拟的信任，并在朋友的帮助下，找回了胜过一切希望的无价之宝。

莎维德丽与萨谛梵的故事[1]

这个故事和后面“那罗和达摩衍蒂的故事”本来是仙人们讲给般度五子听的。在他们情绪低落时，仙人们用这些故事宽慰他们。至于般度族兄弟们自己的故事，我们将在本书的最后着重讲述。

(一)

很久以前，有一位德高望重的国王，名叫马主，统治着摩德罗国人民，深受爱戴。他心系民众，不畏艰苦，在方方面面都十分可靠，只是没有孩子。久而久之，国王年事渐高，害怕自己的血脉断绝，便投身于修行之中，期望从神灵那里求得子嗣。十八年来，他断绝美食与享乐，一心顶礼膜拜女神莎维德丽[2]。十八年的修行结束后，女神感受到了国王的热忱，从祭火中出现在

---

① 本故事出自《摩诃婆罗多》插话《莎维德丽》。

② 即梵天之妻辩才天女(萨拉斯瓦蒂)。

他面前，亲切地回应了他的祈祷。她慷慨地答应了他，说：

“哦，国王，我对你修行的自律、忏悔的虔敬与全心的奉献都十分满意。按照你心中的愿望提出要求吧，摩德罗的君王！”

马主说道：“哦，女神，我本是为了寻求子嗣而踏上积善修德之道。我想要儿子们继承我的名号。如果您对我的修行满意的话，这便是我需要您满足的愿望。对于我们这些累世修行的善人来说，传宗接代乃是重中之重。”

女神回答他道：“我一直都知道你的愿望。看在万众敬仰的梵天的面子上，我在此通知你，你将拥有一个光彩照人的女儿。除此之外，你将别无所有。”

当女神从他面前消失后，国王回到了家中，便看见自己的愿望实现了：妻子为他生下了一个明眸善睐的女孩。为了感谢送她来到世间的女神，众婆罗门为这位公主起名莎维德丽。步入青春期后，公主的美貌无与伦比，仿佛美之女神的人间化身。周围的人们看着她窈窕动人的腰肢与金塑般闪闪发亮的身体，都想：“这真是众神的女儿啊！”

然而，虽然莎维德丽如此明艳照人，却没有人愿意向她求婚，因为国内所有男人都在她的花容月貌下黯然失色。因而，她沐浴斋戒，在一个吉祥的季节向婆罗门们诉说了这件事，并得到了他们会帮助她的允诺。随后，她拜见了父王，双手合十跪在他脚下。看着已经长大成人，美若天仙的女儿，国王心中满是怜悯疼惜。

值得一提的是，在古印度——甚至现在的印度也一样——女人到了一定年纪还没有嫁出去的话，仍会被当作小女孩对待，她和她的父亲都会因此而受到非议。

“说得对，女儿，”国王说，“你结婚的日子已经来到，但还没有人向我求亲。所以，你自己选择一位与你的德行相称的丈夫吧。我会尊重你的选择，把你嫁给最适合你的人。根据神圣的典籍记载：‘嫁不出女儿的父亲，娶不到妻子的男人，父亲死后不侍奉母亲的儿子，这三者都是有错的。’所以，快去寻找你的如意郎君吧，只有这样，我才能无愧于诸神。”

说罢，国王便命女儿带着年长的随从们去往其他国家。在告别父王后，莎维德丽坐上了一辆黄金马车。在强壮的车夫陪伴下，他们穿过了王仙们隐居的美丽森林，公主对仙人们恭敬行礼，对方也朝她身边的婆罗门们送上了礼物。之后，他们穿越了一片又一片森林，一个又一个国家。

（二）

与此同时，那罗陀仙人前来拜访摩德罗国王。有一天，在与王公贵族们友善交谈时，他看见莎维德丽从一旁走来。此时的她刚刚结束旅行归来，看见自己的父亲与那罗陀坐在一起，少女恭敬地朝两人致敬。那罗陀看着她说道：

“这个女孩去了哪里，她为什么现在才回来？为何她正值青春年少，却并未谈婚论嫁？”

国王马主回答道：“正是为了寻找伴侣，她才踏上了先前的旅途。哦，仙人啊，请听她自己亲口诉说，她究竟找到了哪一位意中人。”

于是国王让莎维德丽讲述整个旅行的经过。少女说道：“在萨尔瓦斯有位尊贵的王者，他的名字是耀军。曾几何时，这位国王双目失明，被敌人夺走了王位，当时他的继承人年纪尚幼。此后，耀军王便带着妻儿隐居山林，终日清修。他的儿子生在城市，却长在深山老林。那王子名叫萨谛梵，是我未来的夫君。”

“哎呀！”那罗陀说道，“莎维德丽选择萨谛梵为夫，这实在是不妙啊。”然而对这番话，周围的人都完全不予理会。他又说：“他的父亲话语真诚，他的母亲忠实可靠。因此，他们的儿子萨谛梵也同样值得信赖。”

听闻此言，马主问道：“这位王子是否轩昂伟岸，智勇双全？”

“他仪容伟岸，仿佛天上的太阳，”那罗陀回答，“思维缜密，好似天人导师祭主仙人，他的勇气堪比伟大的因陀罗，他的耐心有如大地母亲。”

国王又问道：“萨谛梵是否竭诚待人，无私奉献？他是否英俊，高尚而圣洁？”

那罗陀说：“不论是待人的真诚、信仰的虔敬，还是奉献的慷慨，他都堪比上古的贤君。他的德行堪比迅行王，他的善良好似月神苏摩。”

除此之外，那罗陀还给予了萨谛梵其他各种溢美之词。少女的父亲问道：“圣洁的仙人，您说了这么多他的优点，那么，他的缺点是什么呢？能否说一说？”

那罗陀回答道：“在如此之多的优点面前，他只有一个缺点，却终究瑜不掩瑕：在一年之内，他便将气数散尽，撒手人寰。”

听闻此言，国王急道：“莎维德丽，快点再出发吧，去寻找另一个丈夫！虽然他有如此之多的美德，但正如神圣的那罗陀所说，他的寿命只剩下不到一年。”

可他的女儿回答道：“天上的东西只能落一次地，女人只能嫁给一个丈夫，礼物只能送给一个人，这三件事都只能做一次。不论他长寿还是短命，道德高尚还是寡廉鲜耻，既然我选择他成为我的丈夫，那我便注定与他永不分离，我也将不会怀有二心。如是，我已下定决心，并向你们诉说。让我用行动证明我的言语吧，这就是我的决定。”

那罗陀听了，对国王说道：“这女孩心意已决，外力已无法左右。事实上，萨谛梵的崇高德行可以说是独一无二的，所以你女儿对他的执着让我满意。”

“就这样吧，”国王说，“只要您说的，我便会去做，因为您是我的老师。”

接着那罗陀说：“不要阻拦你女儿与萨谛梵的结合。大家再见了！”说罢，他便离开地面，飞上九霄云外。

国王立刻着手准备操办婚礼。

准备好女儿的嫁妆后，国王叫来了年迈的婆罗门祭司们，选了一个良辰吉日，与自己的女儿一同出发。他们穿过重重林莽，来到国王耀军的隐居处，看见失明的耀军正坐在草地上，便向他毕恭毕敬地行礼。

向对方表明诚意后，国王马主准备好了求婚的仪式，递上了准备好的见面礼。收到了礼物后，耀军询问对方前来的目的。马主将自家女儿与萨谛梵之间的关系告诉了耀军，请求他将她纳为儿媳。

双目失明的国王回答道：“我们已经失去了昔日的崇高地位，只得整日在森林中的茅屋里禁欲苦修。我怎能看着你的女儿沦落到这般田地，跟着我们吃苦呢？这根本不是她该过的生活。”

“哎呀，”马主说，“小女既能享受锦衣玉食，又能忍受粗茶淡饭，因此，这话对我来说并不成问题。我请求你大发慈悲，不要打消我的期望。我们两家人本来就门当户对，正好能成为儿女亲家。所以，请让我的女儿成为高贵的萨谛梵的妻子吧！”

耀军又道：“哦，大王，说真的，我也一直都盼望与你结为两姓之好，但我已经失去了王位，便不得不打消这个念头。不过现在，我又重新拾起了往日的想法，我欢迎你的到来。”

两位国王请来了森林里隐居的所有婆罗门，举行了一次圆满的婚礼。马主给女儿穿上婚服，送她出门，最后满心欢喜地回到了家。就这样，萨谛梵娶到了贤惠的妻子，莎维德丽也找到了心中的如意郎君，两人都心花怒放。

父王走后，莎维德丽摘下了满身的金银珠宝，穿上树皮制成的破衣烂衫。通过勤勤恳恳的劳动与全心全意的辅佐，她赢得了所有人的喜爱，尤其是她的公婆。她的丈夫也非常喜欢她温柔的话语、灵巧的双手、优雅端庄的仪态，以及默默奉献的品质。

就这样，他们在森林里幸福地生活着。可想着那罗陀仙人说的话，莎维德丽一直揪着一颗心。不论是白天还是黑夜，她都想着如何将这件事告知萨谛梵。眼看萨谛梵命中注定的死期越来越近，莎维德丽也越来越惴惴不安，细数着每分每秒。当只剩四天时，她一动不动地站立修行，持续了三天三夜。看见她如此辛苦地站立着，国王耀军倍感不适，连忙赶到莎维德丽面前，想抚慰她心中的焦虑，说道：“你的行为太残忍了，公主，站立三天三夜太辛苦了！”

可是莎维德丽回答说：“不要苦恼，善良的父亲。只要持之以恒，我马上就能完成这份修行。”

耀军道：“我并没有想要让你放弃修行！我只想说，‘快点完成它吧’。”说罢，耀军便静默无言了。而莎维德丽则继续站在那里一动不动。就这样，她悬着一颗心，看着黑夜结束，白昼降临。她丈夫死前的最后一天到来了。

这天凌晨，莎维德丽将祭品投入火焰。然后，看着太阳升上天空，她转身投入了新一天早晨的工作。她先是拜访了那些圣洁的婆罗门和自己的公婆，对他们双手合十敬礼。这些人都带着喜悦的心情朝她祝福，祝愿她不会经历早年丧夫之痛。自古以来，妻子们便如此祝愿。只不过，那些婆罗门和国王夫妇都不知道，萨谛梵即将面临死亡。莎维德丽想着那即将到来的恐怖时刻，满脑子都是那罗陀的话语，满心惆怅。这时，国王对莎维德丽说：“你已经很好地守住了自己的誓言，现在到了吃饭的时间了，吃点东西吧。”

莎维德丽回答说：“太阳升起之后，我才有好心情吃饭。这是我内心的愿望，时间也是我自己选择的。”

紧接着，就在她准备要吃饭时，萨谛梵本人赶来了。他肩上扛着斧头，准备到森林里去。莎维德丽哭着对他说：“不要一个人到森林里去！我要和你一起去，因为我舍不得与你分离。”

“唉，亲爱的女士，”萨谛梵说道，“你从未进入过森林深处，那里的道路崎岖坎坷，你徒步怎能穿越？又谈何在林中禁食修行？”

他的妻子回答道：“我从未因禁食而筋疲力尽，或饥肠辘辘，请不要阻止我，我必须与你同行。”

“如果你执意要去，”萨谛梵说，“我便遂你心意。不过我们要征得我父母的同意，否则他们将责备我带你一起走。”

和公婆打完招呼后，她对他们说：“我的丈夫正要去森林里寻找水果，而我一定要与他同行。哦，父亲母亲，请原谅我的行为。我只不过是无法离开他而已。如果你们不阻止他离开，便不要阻止我离开。我请求你们，让我和他一起走吧。这一年来，我从未离开过自己的隐居处。因此，我想看一看那繁花盛开的森林。”

对此，国王耀军说道：“从莎维德丽离开父亲嫁到我们家时起，她便从未要求过我们什么。那么，这次我们便实现她的愿望吧。哦，女儿，我们祝愿你一路上平安无事。”

得到了公婆的批准，年轻的皇族妻子便追随丈夫而去了。她脸上强颜欢笑，内心却煎熬如火烧。

一路上，她睁大眼睛看着周围。各种美丽的树木间栖息着孔雀与其他鸟类。她还看见了近处清澈见底的泉水与远处繁花盛开的山坡。丈夫温柔的声音也时不时在她耳边响起，提醒她看看某些事物。然而只要看见他的一举一动，她便立时想起圣人的预言：每分每秒，自己的夫君随时都可能失去性命。她小心翼翼地紧跟着他的步伐，等待着死神降临，一颗心怦怦直跳。

（三）

不一会儿，夫妻俩采摘了许多水果，装满了整整一箩筐。然后，萨谛梵开始砍树，高强度的体力活很快便使他汗流浃背，脑袋酸胀。他疲惫地看向自己的妻子，说道：

“亲爱的莎维德丽，我的脑袋因工作而疼痛不堪，我的四肢与心脏都无比疼痛；我的整个身体都得了重病，仿佛锋利的兵刃刺穿了我的脑袋。我想小憩片刻，亲爱的，因为我已经没有力气继续站着了。”

于是莎维德丽帮助丈夫躺下，坐在他身旁，把他的脑袋放在自己腿上。忽然，她看见一个身穿红袍的人，身材魁梧却面目狰狞，双目血红，手持绳索，站在萨谛梵身边看着他。她双手合十，浑身颤抖，望着这个陌生人：

“我知道您是一位天神，因为您的样貌不似凡人。我向您祈祷，伟大的神灵，告诉我您是谁，来这里是为了什么？”

神秘人回答道：“你是一位好妻子，莎维德丽。你为自己的丈夫鞠躬尽瘁，所以我与你坦诚相待。听好了，美丽的女子，我是阎魔，我来到这里是为了接走你的丈夫，他生命的沙漏已经漏完。”

莎维德丽说：“已经有人告诉过我他的死期，尊敬的神，因此您的告知对我没有意义。那么，您又为何找上了我的夫君呢？哦，大神啊。”

听闻此言，冥界之王对她心生怜悯，向她表露了自己的目的：“你的丈夫恪尽职守、仪表堂堂，又德才兼备，我的手下根本不配来带他走，于是我亲自来了。”

说罢，阎魔便从萨谛梵的肉体中取出了大拇指一般大小的魂魄，将其迅速捆缚住。失去了灵魂的躯体顿时瘫倒在地，了无生气。随后，带走灵魂的阎魔朝南方走去。虽然莎维德丽悲痛万分，但她仍坚守着与丈夫的承诺，一路跟着阎魔。阎魔对她说：“回去吧，莎维德丽，为他举行葬礼吧！你的丈夫已经还清了阳间的债，你只能追到这里了。”

莎维德丽对他说道：“不论我的夫君去哪里，我都会一路相随。我的爱恋、忠诚与忏悔令我追随他，请您答应我与他同行。无所不知的智者们曾说，两人一起走七步路便有了友谊。因此，我们也已经成了朋友，您理应听我一言。在森林里，没有自制力的人都会忘记城市里文明的生活方式；但在家里，生活仍然维持着原来的样子。不过，有了家庭生活的责任，其他方面的生活方式能否持续，就都显得无足轻重了[1]。因此，真正的智者都把对家人的忠诚视作百善之先。”

阎魔说：“我对你说的感到非常满意，说吧，除了要回萨谛梵的性命之外，你还想要什么好处?”

莎维德丽回答道：“我的公公失去了他的王国，又双目失明，才沦落到这森林里苟活。您能否开开眼，让他恢复往日的健康与威严呢?”

阎魔回复道：“哦，无辜的女子啊，我将根据你的愿望，赐予你应得的恩惠。然而就算是我赐予你的一切也终有尽时。不过，这一路行来，我在你的身上看见了疲惫，回去吧，不要让疲劳彻底将你击垮。”

可莎维德丽仍坚持：“在我追随我的丈夫时，疲劳又怎能将我击垮呢？那本就是我应在之所。不论您带他到天涯海角，我都会一路紧追不舍。请听我说，与圣贤共饮已是一生难求，与圣贤为友更是无上光荣。与道德高尚的人为友，便不可能一无所获，因此所有人都追求与君子结交。”

毫无疑问，冥界之王并不认为与凡人交友，并受其逢迎是一件乐事，于是他回答说：

“你端慎的言语让我十分愉悦。因此，我将实现你的

---

① 古印度人认为，人生分为四大阶段：学道、家居、林居、进山修道。莎维德丽与萨谛梵正处于第二阶段的“家居”，因此“家庭生活的责任”对他们来说最为重要；而国王耀军夫妇则处于“林居”的阶段。——译者注

第二个愿望。但同之前一样，你不能许愿要回你丈夫的生命。”

莎维德丽回答：“请让我的公公收回他被人夺去的王国，并让他江山永固，无人篡位。”

阎魔允诺：“他将再次统治他的王国，从今往后，没有人能篡夺他的王位。现在，你的愿望实现了，回去吧。”

可莎维德丽再次说道：“您是束缚人类灵魂的神，因此您才叫作阎魔①。请再次听我诉说。不论是言语上还是行动上，悲天悯人、乐善好施，都是有德之人的责任，他们甚至对自己的敌人都一样慈悲为怀。”

阎魔明白，她还想请求下一个恩惠，便说：“你已经朝我说得口干舌燥了，说吧，除了要回你丈夫的生命，你还想实现什么愿望？”

莎维德丽说：“我的父亲没有儿子，请让他拥有一百个儿子，这样一来，他的血统便能在世间传承下去。”

阎魔答应了：“他将会拥有一百个令人艳羡的儿子，将自己的家族在人间繁衍壮大。现在，你还是回去吧，公主，你已经走了如此之远。”

然而莎维德丽还是不停地追随着阎魔的脚步，并继续用柔和的话语恳求他。对她的每一次祈求，阎魔都回以一次恩惠，唯独不答应让她取回丈夫的生命。然而滴

① 梵语“Yama”（阎魔）的词根“Yam”意为“束缚”。

水穿石乃累积之功，最终，忠贞的妻子征服了冷酷的死神，他对她说道：

“我又一次被你的言语所打动，痴情的妻子啊。我尊重你的地位，将赐予你一件无上的礼物。”

对此，莎维德丽喊道：“我不会再乞求其他任何的恩惠了，我想要的只有萨谛梵的性命！没有他，我将生不如死。失去他，不论良辰美景，还是生命本身，对我而言都毫无意义。既然在我之前许愿时，您答应我赐给我的父亲一百个儿子，”阎魔的确答应了这个愿望，“那么，您又为何定要将我的丈夫从我身边夺走？让萨谛梵活下去吧！这样您也会更加言而有信。”

她话音刚落，阎魔便欣然释放了萨谛梵，并对莎维德丽说：“如你所见，美丽的女士，你的丈夫已被我释放！带着他回去吧，他将与你一起幸福地生活下去。你们将拥有四百年的寿命，你们的美名将被世人传颂。你们还会有一百个儿子，他们都是未来的王者与勇士。你们的父母也将为你们生育同样多的兄弟，你们的家族将像仙人们那样壮大。”

遵照她的愿望，光辉的审判者之王将萨谛梵的灵魂送回了他的肉体，莎维德丽也回到了夫君的死亡之地。看着他了无生气的身体，她托着他的头，让他枕在自己的腿上。这时，他忽然恢复了意识，抬起头看见莎维德丽，久久凝视着她，问道：

莎维德丽托着丈夫的头

“我现在究竟是睡是醒？那个将我带走的陌生人又去了哪里？”

莎维德丽回答说：“哦，我的英雄，你在我胸口沉睡了许久。那个陌生人是死神阎魔，他从亡者的国度来。现在他离去了，你也回到了阳间。我的夫君，你的长眠已经结束。如果可以的话，就快点起来吧。看，黑夜已经来临了。”

此时的萨谛梵早已恢复了体力，就像美美地睡了一觉。他环顾四周道：

“我们两个人一起离开家去摘果子，后来，我在伐木时忽感头痛。因为头疼，我站立不稳，躺在地上，头枕在你的腿上。我只记得这么多，因为沉睡，我在你怀抱中失去了知觉。只不过，看啊！我看见了那个身材高大却面容冷酷的陌生人，告诉我，美丽的人儿，你所知道的他的一切。我眼前的他是梦境还是真实？”

莎维德丽却避而不答，只是说：“看，夜幕降临了，明天我会告诉你整件事的经过。现在我们还是回到你父母身边吧。许多夜行动物都生性凶猛，来去如风。森林里一切运动的声音都逃不过它们的耳朵。听见它们的叫声，我便颤抖不止。”

“是的，夜晚的森林危机四伏，”萨谛梵说，“如果看不清来时的路，我们该如何回家？”

莎维德丽说：“森林里有一颗枯树着了火，风一吹，我们就能看见火焰。把木条伸进火里，我们就有了火把。如果你的疼痛还没有消除，并因此不能走路的话，我们就留在这里过夜，等到明天一早再出发。”

可萨谛梵回答说：“我感到疼痛都已消失，我的四肢仍像往日那样强壮。并且我也害怕见不到自己的父母。我从未离开过隐居地这么远。在我病倒之前，母亲一定早就开始思念我了。毫无疑问，我久出未归，他们必然正殷切期盼着我回去。我也明白他们的处境，如果太久见不到他们，我自己也会伤心难过。他们都年事已高，因此对我来说无比珍贵。我难以想象他们满含热泪地寻找我，喊着：‘如果没有你，亲爱的儿子，我们马上就要死了。只有知道你还活着，我们才有活下去的动力。我们又老又瞎，生活全靠你支持。我们的名誉、葬礼、祭品和后代也全靠你维持、准备、提供和创造！’我的母亲一定会为我的失踪而着急，就像我见不到她一样焦急万分。我的父亲双目失明，更是老弱无助。他们生养了我，我更应该尽心竭力地支持并赡养他们。”

萨谛梵想到年迈的父母，不禁举起手臂，号啕大哭起来。见丈夫如此伤心，莎维德丽连忙替他擦干眼泪，温柔地安慰他。萨谛梵哭罢，又说道：

“我一定要看见我的父母，莎维德丽，越快越好。如果恶魔降临到了他们身边，我将痛不欲生。既然你拯救了我的生命，我便要感谢你的善心。让我们一起回到隐庐去吧。”

莎维德丽站起身来，整了整头发，又帮助丈夫站起身来。他起身后，在水中清洗了四肢，环顾四周，看见了装满水果的篮子，眼前一亮。可是莎维德丽劝阻说：“你明天再来拿水果也不迟，我可以自己扛斧头。”

说着，她将丈夫的武器扛在自己的右肩，搀着他往前走去。萨谛梵说：“这条路我走了好多次了，凭着树丛间洒落的月光，我都能认出它来。这条路分成两岔，往北拐，我们可以走快点，因为我已经恢复力量了，并且满心念着见到父母。”

（四）

与此同时，原本失明的国王耀军突然恢复了视力，左顾右盼，上下张望。他发现儿子不在，便和王后四处寻找，从一处隐居地找到另一处。在路上，他们筋疲力尽，双脚受伤流血，身上也被荆棘与野草划得满是伤口。附近森林里隐居的婆罗门们把耀军夫妇送回了自己的居所，善意安慰他们，和他们讲起了古代圣王的故事。然而，国王耀军一想到王子过去的丰功伟绩，便悲从中来，绝望地喊着儿子的名字。

一位婆罗门说：“只要莎维德丽陪在萨谛梵身边，忠贞不渝，小心翼翼又无微不至地照料着他，他就不会死。”

另一个位婆罗门说：“我研究过《吠陀经》和其他相

关的著作，并从中获益匪浅，习得了一切起誓与斋戒的方法。以我身为苦行僧的全部修为，我向你们保证，萨谛梵还活着。”

仙人们也来了，他们纷纷发表了自己的看法：“莎维德丽身具一切祥瑞之相，这预示着，她不会经历早年丧夫的厄运。所以，萨谛梵还活着。”

他们不住地赞美莎维德丽种种为人为妻的美好德行，以及萨谛梵的帝王之才。最终，王子的父母相信他还活着，以后也将长命百岁。

正在国王和王后在众人的话语中寻求慰藉时，莎维德丽带着萨谛梵满心欢喜地踏入了茅屋。婆罗门们看见自己的预言成真，纷纷向国王送去祝福，祝愿他的国家永远繁荣昌盛，还保证其祝福很快便能实现。他们还生了一堆篝火，表示对国王耀军的敬意。随后，这些林中隐士对两人的经历感到十分好奇，向王子问道：

“殿下，为什么您回来得如此之晚，看上去还彻夜未眠？您究竟去了哪里？您的父母都心急如焚。我们也非常好奇。”

萨谛梵回答道：“经过父母的同意后，我带着莎维德丽进山采食。在伐木时，我忽然感到头痛难忍，倒在地上昏睡了很久。以前我从未如此长久地沉睡过。不过你们不用为此担心，这只让我们回来得晚了些。”

一位智者说：“我们还想知道，您的父亲耀军是如何复明的。如果您不知道，莎维德丽或许能告诉我们。您，莎维德丽，就像天上的辩才天女一样光彩照人，您一定知道个中缘由。告诉我们吧，只要这对您来说不是秘密。”

莎维德丽回答道：“我与你们之间毫无隐私，请认真听我讲述整件事的经过：那罗陀仙人早已预知我丈夫的死亡，而今天就是他命中注定的死亡之期。因此，我便打算守在他身边。在他陷入昏迷后，阎魔出现了，他绑走了夫君的魂魄，要将他带去黑暗世界。我以真诚的话语向死神祈求，他答应赐予我多种恩惠。于是，我首先请求他让我夫君的父亲恢复视力，重登王位。随后，我还为父亲和自己各要得了一百个儿子。最后，我请求我的丈夫不要死去，而是享有四百年的阳寿，那是我最终想要实现的愿望。以上便是整件事情的来龙去脉。虽然这个故事令人悲伤，但它的结局却是苦尽甘来。”

仙人们齐齐说道：“神圣的女士，您的善良与坚韧拯救了这个饱经摧残的家庭，将它带离了黑暗的深渊。”在赞扬了这位珍珠般的美人后，他们告别了国王和他的家人，欣慰地回到了自己的住所。

（五）

一夜过后，太阳再次升起，智者们又一次聚集在国王耀军的隐居处，一起进行早晨的祭祀。国王对莎维德丽的事迹百听不厌。

这时，来自萨尔瓦斯的使者赶到了国王身边，告诉他，他的敌人已经被首相杀死了。听闻篡位者被诛杀，举国上下都和老首相一样，一心盼着老国王回朝。“不管他是否双目失明，”人们说，“他都是唯一能够统治我们的王。”

使者说：“我们来此正是为了传递这一消息，并请您回国主持大局，哦，大王。动身启程，回到您祖先的王座上吧，全国百姓都呼唤着您的名字。”

于是，国王耀军带着妻子和家人们，在军队簇拥下踏上了回国的路途。得知国王已然重见光明，百姓都惊奇万分，大喜过望。祭司再次替国王举行了加冕典礼，为他献上美好的祝福。此后，国王夫妇陆续生下了一百个儿子，莎维德丽与萨谛梵也一样。

在这个故事里，莎维德丽依靠坚定的信念，在绝望中拯救了自己、丈夫与家人。她的丰功伟绩足以与那些男性英雄并称。通过讲述这个故事，仙人告诉般度族兄弟，他们的所爱之人也会从绝望与苦痛中拯救他们。

那罗和达摩衍蒂的故事[1]

仙人说，很久以前，有一个名叫那罗的国王统治着尼奢陀国，他拥有一位君王应有的全部美德，并通晓神圣的典章制度。只不过，和大多数印度武士一样，嗜赌成性是他唯一的缺点。

同一时期的毗德尔跋国国王名叫毗摩[2]，他力大无穷。毗摩在很长时间里都膝下无子；但最终，他的妻子还是为他生下了几个勇敢的儿子，以及一个美丽的女儿。这珍珠般的美人名叫达摩衍蒂。

那罗与达摩衍蒂都名扬四海，并经常听闻世人对彼此的热烈称赞。于是，两人都开始想象对方种种美好的品质。这种幻想很快便发展为暗恋，哪怕他们仍素未谋面。

有一天，那罗王在他的御花园里散步，看见一群长

---

① 本故事出自《摩诃婆罗多》插话《那罗传》。——译者注

② 与《摩诃婆罗多》主要情节中的“怖军”同名（英文同样是Bhima），但并非同一人。——译者注

着金翅膀的天鹅从花园上空飞过，便抓住了其中的一只。天鹅祈求他不要杀死自己，并许诺道："如果你放了我，我就飞去毗德尔跋，在达摩衍蒂面前称赞你。"

那罗闻言便放走了天鹅。天鹅追上了同伴，飞到了毗德尔跋，在达摩衍蒂面前细数起了那罗的美德。听着天鹅娓娓道来的溢美之词，公主让它把自己爱的回音传达给那罗。

从此，两个年轻人日益为彼此暗自滋长的爱意而苦恼。毗摩王把女儿情窦初开的表现都看在眼里，他感到，是时候给她寻找一位夫婿了。于是，毗摩美丽的女儿要举行选亲大会[①]的消息传遍了列国王侯耳畔。她相中谁，谁就会成为她的丈夫。

听闻此事，许多高贵的领主纷纷来到毗摩的王宫，他们无不精通驯象、骑马与驾车之术。国王那罗自然也在其中。可不巧的是，这次选亲大会的消息竟然传到了天上，诸神听后十分高兴，也都纷纷参与进来。只见他们乘着神车从天而降，看见那罗心急火燎地朝选亲大会的方向赶去，便叫他给达摩衍蒂带话，让她从雷神因陀罗、火神阿耆尼、冥王阎魔与水神伐楼那中选择一位当夫婿。

那罗听了众神的要求，左右为难，一心想要回绝，

---

① 这个词的意思是"高贵的少女自行选择配偶"，在本书第七篇的"般度五子的故事"里也有提及。

天神的话又不容拒绝。于是，那罗被众神的法力直接送进了达摩衍蒂的闺房，站在达摩衍蒂面前。这个男人的突然出现和他举世无双的俊美容姿，使达摩衍蒂的同伴都惊呆了。那罗与达摩衍蒂深情凝望着彼此。随后，听到那罗传达的消息，达摩衍蒂并不高兴，她让那罗向众神回话，请他们务必在这次各国君王的集会上出席。她要在会上当众宣布，自己已经选择那罗为夫。而在那里，公主的话就是命令。

然而，在选亲大会的现场，四位天神都化成了那罗的模样。公主正要宣布自己对那罗的心意，却看见五个那罗穿着一模一样的衣服，正试图证明自己才是那罗本人。她虔诚地恳求众神展现真身，于是他们在化身之下显露出自己的神力。这样一来，达摩衍蒂便欣然宣布，真正的那罗才是自己想要的丈夫。听闻此言，围观的群众都高声喝彩，被拒绝的君王们则一片哀号。

认输的众神赐予了那罗八种神力作为贺礼：因陀罗赐予了他神灵的步法，以及从祭祀中辨认神灵真身的能力；阿耆尼赐予了他控制火焰与移动日月星辰的能力；阎魔赐予了他尝尽人间百味与克己复礼的能力；伐楼那赐予了他呼风唤雨与处处生花的能力。随后，那罗和达摩衍蒂举行了盛大的婚礼。完婚后，那罗带着美丽的新娘回到了尼奢陀国。

在那罗英明的统治下，尼奢陀国一直歌舞升平。

听到那罗传达的消息，达摩衍蒂并不高兴

然而，一个不那么善良的神——事实上，他是个邪恶的魔鬼——因为晚一步听说并错过了达摩衍蒂的选亲大会，便怀恨在心，打算破坏最后的赢家那罗的婚姻。恶魔窥伺了那罗很久，打算找到他放松戒备的时刻；可十二个小时过去了，他却始终一无所获。然而只要有耐心，时间久了谁也不可能一无所得，魔鬼最终等到了机会，他趁机进入那罗身体里，控制住了他。在魔鬼的召唤下，那罗的兄弟普什卡拉走到他身边，叫他和自己博弈。那罗无法拒绝赌博的诱惑，也担心那魔鬼在骰子上施法，让自己逢赌必输。兄弟俩赌了起来，果然，那罗不只失败了一两次，而是满盘皆输。百姓与群臣都来劝说他们结束赌局，回归朝政，可那罗对他们的谏言充耳不闻。温柔的达摩衍蒂派来了一位又一位使者，却都徒劳无功。这可怕的赌局就这样一刻不停地持续着，最后，那罗王不仅输光了财产，还输掉了自己的江山。

这时，普什卡拉不怀好意地对他笑道："再跟我赌一局吧，兄弟。这次咱们就赌达摩衍蒂，因为除了她之外，你已经一无所有了！"那罗沉默了，终于慢慢离开，他带着妻子远离了往日的金樽玉器。他的兄弟禁止他触碰它们，甚至严格限制了他的饮食。

衣衫褴褛的夫妻俩失落地走进了森林。那罗劝妻子离开自己，去寻求娘家人的庇护。可她哽咽着说，自己绝不会抛下他独自离开；就算要去毗德尔跋，也要两人同行，因为她尊贵的父王一定会接纳自己的女婿。可那罗并不同意，二人只得继续在森林中游荡。在一座简陋的茅屋里，国王与王后在冰冷坚硬的地板上躺下，休息。筋疲力尽的达摩衍蒂睡着了，可那罗仍因悲痛而醒着。看着熟睡的达摩衍蒂，附在那罗体内的恶魔让其把她抛弃。“如果我仍忠诚于她，”那罗心想，“她将跟着我一路风餐露宿，伤心流泪；如果她离开我，也许就能脱离苦海，拥有幸福。就算她独自一人，无人保护，她的德行也能成为她的铠甲。”

这样的想法占据了国王那罗的脑海。趁妻子熟睡，他头也不回地独自上路了。不一会儿，达摩衍蒂醒来，她惊恐万分，大声号哭起来。此时的她不相信丈夫是真的离开了，深情地呼唤着他，仿佛他只是故意藏起来，借此考验她的爱与勇气。她一路奔跑，进入了原始森林的更深处。一路上，她高喊着丈夫的名字，恳求他回到自己身边。她责备他的薄情寡义，哀叹他的不告而别，想象着他失去自己的彷徨无依。突然，她被一条巨蛇缠住，好在一个猎人杀死了巨蛇，救了她。猎人安慰她，想帮助她从失去丈夫的悲痛中解脱出来，却被她一句恶毒的诅咒气得当场倒地身亡，仿佛一棵大树被雷电击倒。

就这样，她一路在浓密的森林里穿行，渡过一条条河流，淌过一座座池塘，游过一片片湖水。一路上，她看见各种飞禽走兽，以及许多非人非兽的怪物。

跋山涉水后，她来到了众多虔诚的修行者隐居的林地。他们热情地款待了她，并根据她的经历为她预言了美好的未来。可是就在这群隐士祝她好运之后，他们和他们的住所都瞬间消失了！达摩衍蒂惊讶地看着眼前的景象，却并不软弱退缩，她继续踏上通往未知的旅途。

此后，她遇见了一支富有的商队，所有人看见她都惊呆了。就算因一路穷困潦倒而饱经沧桑，她也仍然有着倾国倾城之姿。有些人以为她是泉水或森林的女神，有些人则渴望了解她的过去。于是，她简略地讲述了自己惨痛的经历。商队决定收留她，保护她。据他们说，他们正赶往切蒂国，要去面见苏摩呼王。于是，商队又一次出发，并在一片美丽的草地上过夜，旁边是一个漂亮的大湖，湖上满是莲花。

夜里，在众人熟睡之际，一群野象来到湖边喝水。它们闻到商队里驯象的气味，立刻狂性大发，朝商队冲去。众人完全挡不住象群的冲击，不是身受重伤，便是惊慌逃窜。一时间，周围一片哀号，其中有人被象群所伤，也有人失去了货物。所有人都在互相指责，疑问此次事件是否是造孽过多，或功德不足所致。最终，他们一致认为，商队收留的那个不明来历的女子很有可能是女巫或魔鬼。

达摩衍蒂听完他们愤怒的指责，又一次逃进了森林深处，她一路都在悲叹着自己给他人带来的厄运，以及命运强加于自己的绝望。

最后，在几个逃离了象群践踏的婆罗门的陪同下，她一路走到了切蒂国的都城。这里的人们也以异样的眼光看着她，因为不论是悲伤、愤怒还是长途跋涉的疲惫，都无法掩盖她的倾城之姿，就像乌云遮不住闪电。当她穿越人群时，国王的母亲从城楼上望见了达摩衍蒂的身影，便派侍女去将她带进王宫。“这当然是因为，”她说，“就算这个女子衣衫褴褛，风尘仆仆，她也依旧像天国的王后一般美丽。”

侍女找到了不幸的达摩衍蒂，将她带到了王太后面前。达摩衍蒂向国王的母亲讲述了自己的一部分悲伤往事。太后很欢迎她的到来，让她住在自己的宫殿，这里既安全又舒适。同时，苏摩呼国王也派使者四处打听消息，满世界寻找那罗。达摩衍蒂第一次从流浪中安定了下来。她住在王宫里，王后的小女儿苏南达陪伴其左右。

*　　　*　　　*

却说，那罗国王也悲悲戚戚地流浪着，无尽的悔恨令他心如刀割。过了很久，他在森林中见到一场大火，火中有人向他高声呼救。那罗立刻挺身相救，却发现呼救者是一位蛇王，当即惊得愣在原地。蛇王让他不要恐惧，并解释道：“你要知道，我之所以被困在这里，是由于惹怒了那罗陀仙人。他对我说，只有一个名叫那罗的人能解除我的束缚。所以，哦，国王啊！只要你救我脱离火海，我就承诺助你一臂之力。”说完，蛇王就缩成了大拇指大小，那罗带着他离开了火场。可是，在那罗想要重新上路时，蛇王却忽然咬了他一口，他俊美无双的容貌立刻变得奇丑无比。正当那罗为自己的毁容而惊惧时，蛇王说：“哦，国王啊！这就是我给你的好处：我的毒液能让你体内的恶魔痛不欲生，并最终让他离你而去；同时，你现在的模样没人能认得出，眼下这是对你的一种保护。此外，毒液还能让你感觉不到一切疼痛。现在，去找阿逾陀国王力图普拉那吧，你将化名为瓦胡卡，成为他的车夫。只要你教会他驯马的技术，他便会教授你赌博的奥秘。当你恢复容貌后，穿上我给你的衣服，这样你就能找回昔日的江山美人与幸福生活了。”说罢，蛇王给了他两件具有魔力的背心，便消失不见了。随后，那罗遵照蛇王的指示来到了阿逾陀，力图普拉那热情地接待了他，让其做自己的车夫。可接下来的日子里，那罗仍然怏怏不乐，时时想着自己抛弃爱妻的残忍。

另一边，毗摩国王也心急如焚，派婆罗门周游列国，寻找那罗和达摩衍蒂。其中，一位名叫苏提坡的婆罗门来到了切蒂。在切蒂的王宫，他见到了美丽的达摩衍蒂，她身上仍带着风餐露宿的流浪痕迹。苏提坡告诉了达摩衍蒂自己的来意，达摩衍蒂听后涕零如雨。见她泪流满面，悲痛欲绝，苏提坡又去求见王太后，她问他为何来此。苏提波回答说："娘娘，她是毗摩王的女儿、那罗王的妻子，她的丈夫因赌博而痛失王位，正在四处流浪。毗摩王派我们这些婆罗门来寻找自己的女儿，于是我来到了这里，见到了这位女子。在凑近端详了她的胎记后，我确认她就是达摩衍蒂。"

听闻此言，太后喜极而泣，转向达摩衍蒂说道："你是我亲妹妹的女儿，在这里，我的一切都是你的！"对于姨母的好意，达摩衍蒂回应道："虽然我很喜欢您给予我的一切，但如果可以的话，我想和前来寻找我的人一同离开。所以，请原谅我，我想回到自己的家乡与孩子们身边。"

太后答应了达摩衍蒂的请求，让她回到了父亲毗摩王的王宫。大家都热烈欢迎她回来，可她很急切想要寻找丈夫的下落。在女儿的请求下，毗摩王派了众婆罗门前去寻找那罗。达摩衍蒂对他们说，不论在哪里，都要朝向周围的人说，"哦，赌徒啊，你究竟去了哪里，抛妻弃子，衣衫褴褛，在森林里踽踽独行？请听从我的祈求，回到我身边吧，那里才是你的职责所在"，如同面对那罗本人一样。她还让婆罗门们务必留意，是否有人听到了这些言语并对其做出回应。

得了公主的谕令，婆罗门们即刻便出发了。许多天后，有一位婆罗门回来报告达摩衍蒂，当他在力图普拉那的宫廷里说出那些话时，一个名叫瓦胡卡的残疾车夫被那罗的故事打动，并为她原谅一切的态度所震撼。

于是，达摩衍蒂命人秘密通知婆罗门苏提波，令其火速赶往力图普拉那的都城阿逾陀，同时她昭告天下，自己将再度举行选亲大会。达摩衍蒂许诺苏提波，如果他能让那罗回到她身边，就会给他一笔丰厚的奖赏。

力图普拉那听到比武招亲的消息后，立马吩咐瓦胡卡准备好战车，带他去迎娶达摩衍蒂。乔装改扮的那罗心里满是愁怨，生怕达摩衍蒂已对他绝望，想另觅新婿，或为了要挽回他而设下什么圈套。只不过，他还是遵照国王的要求为战车套上了四匹好马。国王上了马车，那罗便与另一位助手车夫一起策马扬鞭，踏上了求亲的道路。

在那罗举世无双、出神入化的马术加持下，四匹骏马乘奔御风，翻山越岭，穿林渡河。力图普拉那国王为他的马术所折服，却忽然想到，这丑陋的瓦胡卡也许正是那罗本人，因为那罗高超的马术早已声名远扬。但力图普拉那自己在其他方面也术有专攻，不输于他。为了展示自己独特的才能，与那罗一较高下，国王在车上数着某段树枝上的花朵和果实。那罗摘下树枝后一看，花果的数目与国王所说的一模一样。

国王又道，自己赌博的技巧也同样不同凡响。于是那罗决定传授他自己驯马的技术，以换取对方对赌博的精妙理解。当那罗掌握了自己想要的知识时，他体内的恶魔也飞走了。虽然恶魔离开身体的过程让那罗疼痛不已，但他终于又可以掌控自己的身体了。

这时，两人刚好到达旅途的终点。达摩衍蒂听见雷霆轰鸣般的车轮声，高兴得颤抖起来，因为她感到那罗尚在人世。毗摩王对达摩衍蒂借选亲大会寻找那罗的巧计浑然不知，兀自恭迎友邦国君的到来。而力图普拉那也不知道对方还被蒙在鼓里，仔细询问起关于这次大会的一切。不过，两位君王仍为彼此的会面表示高兴，毗摩王盛情款待了力图普拉那。达摩衍蒂见力图普拉那身边除了那所谓的车夫“瓦胡卡”和车夫助手外再无他人，大失所望，连忙让侍女们询问瓦胡卡是否知道那罗与他的流浪之事。那罗声情并茂地讲述道，一个婆罗门曾来到自己的君主身边，向他讲述了一个男人抛下妻子，流落森林的故事。侍女将她听到的消息回禀了达摩衍蒂，她终于猜到那残疾的车夫正是自己的丈夫，立刻吩咐侍女仔细观察他。随后，侍女又汇报了一个奇怪的消息：那个车夫神通广大，远超凡人，他朝低矮的城门一走，门上的横梁便自动抬高，为他开路；他心思一转，就能变出满桌盛宴、满罐清泉；他拿起柴草对太阳一照，便能凭空点火，双手却毫发无损；最后，只要他伸手一摸，枯萎的花朵便能绝处逢生，迅速恢复往日的芬芳馥郁。

听闻这些，达摩衍蒂让侍女再次动身，去偷取瓦胡卡准备的食物。她曾经多次吃过自己丈夫用魔法变出的食物，只要一尝到它们，她心中的所有疑惑都将烟消云散。结果，她兴高采烈地喊道，瓦胡卡和那罗是同一个人！她命侍女把自己的两个孩子带到瓦胡卡身边。看见他们，瓦胡卡激动得涕泪交加，连把他们抱在怀里。但他并未直接公布自己的身份，只对孩子们说，他们很像自己的孩子，并礼貌地建议侍女不要再来。

至此，达摩衍蒂再也按捺不住心中的希望和恐惧。她对母亲倾诉了自己既惊又喜的内心感受，请求母亲将自己心中的丈夫带到面前。于是，瓦胡卡立刻被带到了她身边接受检验。

两人互相对视，内心皆震荡不已。看着面前的丈夫仍是瓦胡卡的模样，达摩衍蒂悲哀地说道："听着，瓦胡卡，你能想象一个名震四方的大丈夫，竟会趁妻子酣眠，将她抛弃在森林里，一个人扬长而去吗？然而尊贵的那罗王正是如此，他抛弃了我——对他一心赤诚的妻子，他孩子们的母亲！"

看着达摩衍蒂一边说话，一边泪流不止，那罗羞愧不已地回答道："这不是我的错，我当时恶魔附体，一时头脑发热，误上赌桌，事后也追悔莫及。我天天诚心祈祷，你也连连发出诅咒，才将那恶魔逼出体外。现在，我们所有的苦难都已经结束。请告诉我，尊贵的女士，你为什么要抛弃与前夫的海誓山盟，而另寻新欢呢？国王力图普拉那正是听闻你招亲的消息才快马加鞭赶来的。"

见对方反问自己，达摩衍蒂说："我没有任何恶意，我只想让你回到我身边！我父王派出的婆罗门们告诉我，在力图普拉那的宫里，有个人各方面都与你神似，只是没有你玉树临风的体态。于是，为了让你回来，我想出了这条计策。天地神灵作证，我对丈夫一片冰心，永无二心。为了他，我可以拒绝天上地下一切众生；如果我曾有另寻新欢的想法，就让诸神唾弃我！"

这时，看尽世间百态的风神在天上说道："哦，国王，达摩衍蒂真的清白无辜。在与你分离的三年里，她对你一直忠贞不渝。而之所以邀请力图普拉那来参加选亲大会，只是她借以找到你的一点权宜之计罢了。所以请不要害怕，和你的爱人重归于好吧。"

看着自己快马加鞭赶来参加的选亲大会上，拔得魁首的竟是自家其貌不扬的车夫，力图普拉那感到万分惊讶与不解。然而，他还是礼貌地祝贺了恢复身份的那罗王。随后，那罗继续向曾经的主人传授驭马的技术，而力图普拉那也向他揭示了赌博的奥秘。最后，阿逾陀的君王回到了他的都城。

几天后，那罗带着浩浩荡荡的队伍回到了自己往日的国土，并让篡夺王位的兄弟普什卡拉再次与自己博弈。"这一桌，"他说，"我赌上自己的一切。如果你临阵脱逃，就别怪我刀剑相向！"

论武力，普什卡拉根本不是兄长那罗的对手，但他对自己掷骰子的本事信心满满。在赌博开始前，他便骄傲地朝那罗夸下海口，称自己早已胜券在握。如果他赢了，不仅能进一步巩固王位，独揽大权，还能赢得久违的梦中情人、倾国倾城的达摩衍蒂。

那罗强忍住心头怒火，让弟弟停止吹嘘，开始正式比赛。结果只一局，那罗便赢回了自己本曾拥有的一切：王位、金银财宝、车马重器。就算赢了，那罗对一无所有的兄弟仍然以礼相待。他虽严厉地批评了他的虚荣和愚蠢，却并没有赶尽杀绝，因为不论普什卡拉过去对他如何穷凶极恶，他都已经以牙还牙了。最终，那罗让普什卡拉自行离开，他可以保证普什卡拉的人身安全，还赐给他充足的食物。

普什卡拉感谢兄长的宽宏大量，他请求在王都获得一间有完备娱乐设施的府邸，随后便举家朝那里出发了。

在妥善处理好国家大事后，那罗回到了毗摩王的都城，来接达摩衍蒂回家。看着自己的女婿夺回了昔日的江山，毗摩王欣慰地送别了他们，以父亲的慈爱祝福了他们，还附送了丰厚的礼物和财物。

借着这个故事，仙人告诉般度五子，连比他们更加时运不济的那罗都能战胜艰难困苦，玉汝于成。因此，只要五兄弟和黑公主德罗波蒂能够动心忍性，也同样能苦尽甘来。同时，预言也告诉他们，只要他们能再坚持在丛林中修行一季，就能见到光辉灿烂的未来。

般度五子的故事[①]

（一）

在很久以前的北印度，有个地方叫作象城[②]，那里的国王名叫福身王，他是俱卢的儿子。

福身王有两位妻子：恒河和贞信。贞信在嫁给福身王前已有一子，名叫毗耶娑，后来成为无所不知的伟大仙人。嫁给福身王后，贞信为其生育了两个儿子，但他们都英年早逝，膝下无子。福身王的另一个妻子恒河也育有一子，名叫毗湿摩[③]，他长大后不仅武功盖世，还满腹经纶。但毗湿摩也同样膝下无子。

贞信最小的儿子曾娶过两个妻子，在他死后，为了

① 本故事出自《摩诃婆罗多》主线剧情。——译者注

② 即今旧德里。——译者注

③ 很久以前，八个神灵兄弟（一说即后文的八位婆苏神）与极裕仙人争夺神牛舍波罗未遂，遭到极裕的诅咒，不得不转世为人。为解救他们，恒河女神下凡与福身王结合，每生下一个孩子，就扔到水里淹死，让他重返天界。可福身王救下了第八个孩子，起名“天誓”（Devarath），即后来的毗湿摩。——译者注

不让福身王绝后，毗耶娑迎娶了弟弟的两位遗孀。其中一位王妃育有一子，名为持国，天生目盲；另一位王妃也育有一子，名为般度。在福身王诸子相继去世后，般度成了象城的国王。

众所周知，般度也娶了两位妻子。其中一位已育有一子，名叫迦尔纳，其生父是太阳神。但迦尔纳的母亲不想让世人知道自己有私生子，于是将他寄养在了一户马夫家中。此后，迦尔纳的母亲又生了三个儿子：坚战、阿周那和怖军。般度的另一位妻子也为他生下了双胞胎儿子无种和偕天。可事实上，这五个孩子都是不同的神灵所生：坚战是正义与法律之神达摩的儿子，阿周那是雷神因陀罗的儿子，怖军则是风神伐由的儿子；无种和偕天的父亲是孪生之神双马童，类似于希腊神话中的卡斯托尔和波吕丢刻斯①。作为般度名义上的子嗣，这五兄弟被世人称为“般度五子”。

当般度因打仗或狩猎而长期在外时，他同父异母的兄弟持国便代理朝政。持国的妻子是一位公主，名叫甘陀利，他们生下了一百个儿子和一个女儿。持国的长子名叫难敌，他臭名远扬，一直是般度五子的宿敌。

般度死后，他的儿子们被过继给了双目失明的持

---

① 希腊神话中的卡斯托尔(Castor)和波吕丢刻斯(Pollux)是十二星座中双子座的原型。——译者注

国。持国一直善待他们，将他们与自己的儿子一同养育。但般度五子在竞技活动中屡战屡胜，勇力冠绝同侪，强烈的嫉妒情绪在持国的儿子们心中滋长。怖军与难敌尤其势同水火，因为他们都天生神力，且脾气暴躁。

如前文所述，俱卢是福身王的父亲，也是般度和持国的祖父。因此，两人的子嗣都应以俱卢的名字为族姓。只不过，为了区分般度五子与持国的儿子们，只有难敌和他的兄弟们被冠以自己曾祖父的姓氏，称作“俱卢族”或“持国百子”。

不得不说，哪怕是朝夕相处，青年怖军也一直不受俱卢族年轻人待见，因为他经常自恃孔武有力，欺侮兄弟。有时，他会抓着堂兄弟的头发，将他们整个提起；堂兄弟爬树摘果时，他会猛烈摇晃树干，害他们从树上掉下来；大家在河里洗澡时，他会把堂兄弟按在水里，等他们呛水才放开。这些粗暴的恶作剧让难敌苦不堪言。于是，他策划了一个杀死怖军的阴谋。

难敌在恒河边布置了一座华丽的游乐场，运动器械、澡堂、餐厅都一应俱全。随后，他邀请两家人一起到那里游玩，请柬传遍了整个家族。在那里，俱卢族和般度五子一起驰骋游乐，欢歌纵酒，他们在宴会上互相赞美、祝福。难敌在他的竞争对手间虚与委蛇，还亲自给怖军上菜，向对方表现自己的兄弟情义。不一会儿，怖军逐渐感到异样，他浑身无力，在凉风中沉沉睡去。

这时，他狡猾的对手来到了他身边，趁他失去意识时绑住他的手脚，把他扔进了恒河。

怖军在恒河水中不断下沉，最终落到了那伽居住的帕塔拉。蛇神们咬遍了他的全身，但幸运的是，他们的毒液正好解了难敌下的毒。因此，怖军不仅没有毒发身亡，反而恢复了意识。目睹了眼前发生的奇迹，一些那伽向他们的国王婆苏吉禀报，婆苏吉对怖军的状况十分满意，在自己的地下世界款待了怖军。为了帮助英雄恢复力量，蛇王命人给他送去了神酒。怖军连喝了八坛神酒，获得了大象般的力量。随后，蛇王还给他安排了一间富丽堂皇的卧室，并适时送怖军回到了人间。怖军不仅没有被难敌害死，反而因祸得福了。

却说当时，般度四兄弟从游乐场回来后发现怖军不见了，一开始他们以为是怖军先回来了，在意识到兄弟失踪后，他们焦虑万分，将怀疑的目光投向了难敌。难敌一向因为铁石心肠、损人利己而声名在外，往日大家对他的种种怀疑，最后都被证实无疑。怖军回来后，般度五子没有声张怖军的经历，甚至对他们的母亲都只字未提，怕她担心。

只不过，这次下毒事件绝非难敌对怖军的最后一次迫害。而俱卢族中的其他人也与他一同思索着杀死般度五子的计划；哪怕对他们而言，同室操戈原是奇耻大辱。

为了让自己的儿子们化干戈为玉帛，持国找来了一位大仙人的儿子德罗纳，请他担任俱卢族与般度五子共同的导师。在德罗纳的教导下，两家兄弟都在各种战斗技巧上取得了优异的成绩。其中，阿周那的武器技艺无可匹敌，怖军、迦尔纳和难敌也都力大无穷，武艺超群。不过令人沮丧的是，将如此多的学生交给同一位导师负责，只会让两家人竞争不断，直至兄弟阋墙，手足相残。

这些年轻人将武士应有的一切技能修炼娴熟后便一同上阵，去讨伐般遮罗国国王祭军，为他往日对德罗纳的羞辱复仇。祭军被众人打得落花流水，德罗纳却最终原谅了他，并归还了祭军原先一半的国土。后来，祭军生下了儿子猛光和女儿德罗波蒂，后者将成为贯穿整个故事的重要人物。

在征服祭军的过程中，般度五子的功劳大于俱卢族众人。两家兄弟们班师回朝后，持国将坚战立为储君。这让难敌妒火中烧，他开始着手策划一个恐怖的阴谋，想要彻底消灭般度五子。

他命人在林中迅速建起了一座宫殿，盛情邀请般度五子前去居住。只是这座宫殿完全由易燃物建成，卑鄙的难敌早就谋划好要在某天晚上将其点燃，趁般度五子熟睡之际将其活活烧死。

可兄弟五人早就看穿了他的阴谋，及时逃出了陷阱。虽然一开始他们确实住进了宫殿；但随后，他们在宫内挖了一条地道，并在难敌计划的当晚自己点了火，在火焰掩护下从地道中安全逃出。

般度五子不知道的是，当晚，恰巧有一个出身卑贱的女人带着五个儿子来到了他们的住所。因饮酒无度，那几人很快便烂醉如泥，与宫殿一起葬身火海。

第二天一早，周围的村民们赶到废墟周围，看见那位女性和五个儿子的焦尸，误以为那是般度五子和他们的母亲。难敌得知对方已经被烧死后，便在众人的哀悼声中为他们举行了葬礼。

（二）

此时，般度五子正暂居在独轮城，那罗陀仙人上门拜访，他向五兄弟讲述了许多故事，包括祭军王的前尘往事，以及猛光和德罗波蒂的出生。

德罗波蒂的前世是一位仙人的女儿，却因为在更久远的前世造下恶业而受到诅咒，失去了嫁为人妻的机会。为此，她礼祭湿婆，祈求他实现自己的愿望。湿婆对她的修行十分满意，决定实现她的愿望。她对神的请求是："请赐予我一位丈夫！"湿婆答应了她的请求，但由于少女将同样的话反复说了五遍，于是她将在来生得到五位丈夫，全都来自婆罗多族。

很显然，般度五子正是预言中提到的五位丈夫。听闻此事，般度五子商量着先赶到般遮罗国的都城，再静观其变。

很快，德罗波蒂择婿的时间到了。与现代截然不同的是，根据古印度的风俗，贵族女性会选择良辰吉日，邀请列国王侯将相共聚一堂，从中挑选自己的丈夫。这一仪式被称为“斯瓦扬法拉”，意思是“自己的选择”。

德罗波蒂举办选亲大会的消息很快传遍了五湖四海，许多国王和王子都在当日同场出席。德罗波蒂并没有通过常见的相貌、财富或本人到场来选择丈夫，而是通过一场比武大会来选择。为此，她设了一个宏伟的露天竞技场，竞技场周围都是高耸入云的宫殿，宫殿的窗户上镶嵌着金丝网，墙上满是宝石马赛克。所有人都戴着香气四溢的花环，空气中飘荡着奇异的芬芳。

般度五子也打扮成婆罗门来到了王都。为了参加这场盛大的集会，他们以托钵僧的名义住进了一个陶工家里。在长达两周的庆典和公共娱乐活动后，高贵的王子猛光带着妹妹出现在了众人面前，以雷鸣般的声音宣布了比赛规则：

竞技场中央的高柱顶端有一条金色的鱼，鱼的下方是一个不停旋转的车轮。每位参赛的王子都配有一张弓、五支箭，若是谁能将箭从旋转的车轮中穿过且命中鱼眼，便能成为德罗波蒂的真命天子。

许多王子都争相上前挑战，可那强弓几乎没人拉得开。这时，般度五子同母异父的兄长迦尔纳走上前去，使出天生神力，三两下便拉开了弓弦。可德罗波蒂想着自己出生时昭告天下的预言，便对他说道："我不会选一个车夫做我的丈夫。"迦尔纳拉着弓愣在原地，旋即放下弓，悻悻离开了。

随后上场的是以力大无穷著称的摩揭陀国国王伽罗僧陀。在试着拉弓时，反弹的弓弦却把他击倒在地。这足以证明，比赛的规则对于大多数人而言都难如登天。

接下来，乔装打扮的阿周那也上场了。他瞬间便拉开了弓弦，五箭齐发，穿过车轮，直朝目标射去。一时间，全场爆发出欢呼声，连众神都从天上撒下鲜花。

看见阿周那的成功，一众王子们都恼羞成怒了。因为虽然婆罗门是最高一级的种姓，但对于刹帝利来说，在自己的强项上败给不事兵戎的上流人士，也不啻为奇耻大辱。于是，就在祭军王即将不顾出身，把女儿许配给这个男人时，他们一拥而上，个个都想杀死东道主祭军王。阿周那和怖军连忙上前保护。在一番激烈的打斗后，因忌惮阿周那手中的神兵利器，闹事者们最终停战。最终，祭军王宣布这个看似婆罗门的男人通过公平竞争赢得了德罗波蒂，成为她的合法丈夫。

德罗波蒂跟着阿周那等般度五子回到了暂住的陶工家里。他们开玩笑地对母亲说，自己化缘化到了这个女人。对此，德罗波蒂回答道："将我平分给你们所有人吧。"虽然她对自己的话感到羞愧难当，但预言难以更改，德罗波蒂注定要成为五兄弟共同的妻子。众所周知，这只不过是为了实现前世姻缘。

祭军王仍对大会上赢走爱女之人的真实身份毫无知觉。他并不知道，般度五子的婆罗门打扮只是伪装。为此，他派儿子猛光去打听对方的出身与人际关系。王子在陶工家门外侧耳倾听，发现五兄弟经常谈到武器与战争。联想到阿周那之前展现的实力，猛光终于断定对方不是别人，正是般度五子，他将自己的推测禀告给了父王。祭军王喜出望外，派战车接来五兄弟，想要举办一场盛大的婚礼。一开始，国王对德罗波蒂将嫁给五个人深表怀疑，可坚战向他解释了德罗波蒂出生时的预言，他这才停止了质疑。婚礼上，五兄弟分别领着德罗波蒂绕圣火转了一圈，她成了他们共同的妻子。祭军向五位新郎赠送了门当户对的礼物。就连当时正化为人形、行走世间的大神黑天[1]也参加了婚礼，送上了贺礼。

听说般度五子不仅没死，还娶到了德罗波蒂时，持国立刻召集群臣，商议如何应对。虽然难敌和迦尔纳水火不容，但深谋远虑的大臣们建议国王与般度五子和平共处。持国同意将亚穆纳河附近的部分国土赐予般度五子。在那里，般度五子建起了一座华美的城市，将它命

---

① 黑天是毗湿奴十大化身中的第八大，前文“罗摩和悉多的故事”中的罗摩为第六大。——译者注

名为“天帝城”，因其繁华堪比因陀罗的天宫。它的旧址后来成为德里的一部分。

然而，哪怕生活是如此幸福美满，般度族五兄弟之间仍免不了因德罗波蒂而互生嫌隙，只因她是五人共同的妻子。如此悲哀的结局也许并不能消除他们赢得美人归的丰功伟绩。那罗陀仙人来拜访他们，并通过一个故事告诉了他们手足相残的可怕危险。

孙陀和乌普孙陀的故事

孙陀和乌普孙陀是一位著名的达伊提耶王的儿子，他们都是盖世英雄，力量大得可以拔山扛鼎，性情则如狼似虎。他们的兄弟情义坚如磐石，就像他们的名字听起来差不多一样。兄弟俩一同吃饭，一同喝酒，也一同运动，分享一切富有意义的事物。他们同甘共苦，心有灵犀，一言一行都心系彼此的感受，仿佛两人早已合二为一。

就这样，他们长大成人，力敌万人，勇冠三军，并志在征服三界。为了实现自己的雄心壮志，他们在温迪亚山顶禁欲修行。修行中，他们身穿树皮，浑身臭味，餐风饮露，又饥又渴。他们献上自己的血肉作为祭品，踮脚站立，举臂朝天，目睛不瞬，就这样坚持了很久。在他们的毅力感召下，温迪亚山脉喷出了浓烟，这是一次奇迹。他们坚持不懈的修行让众神诚惶诚恐，众神打算设计阻止他们。首先，众神用各种赏心乐事引诱两兄弟，可孙陀和乌普孙陀并未中计，仍继续修炼。第二次，众神制造了重重幻象，让他们亲眼见证自己的亲朋好友被一个愤怒的恶魔残杀，在死亡面前呼天抢地。然而孙陀和乌普孙陀依然不为所动，直到所有的幻象都消失无影。

最后，众神与人类的父亲梵天亲自出面，许诺兄弟俩实现他们的任何愿望。他们祈愿拥有关于法术与武器的知识、强壮的身体、俊美的容貌与永恒的生命。

除了永生，梵天答应实现他们所有的愿望。

对此，两兄弟许愿，三界之内除了彼此，任何人、任何事物都无法杀死他们。梵天实现了他们的愿望。从此，除了彼此的拳头外，他们无物可当。

愿望实现后，孙陀和乌普孙陀回到了家乡，达伊提耶们都兴高采烈地迎接他们的凯旋。他们脱下了隐修时穿的树皮，换上了珠光宝气、一尘不染的衣裳。一时间，达伊提耶的城市里处处张灯结彩，热火朝天，家家户户都吃喝玩乐，唱歌跳舞，运动不止。

在取得了有生以来的第一次圆满胜利后，两兄弟立刻着手测试梵天赐予的神力。他们带着一支庞大的军队，浩浩荡荡地离开了都城，踏上了征服三界的旅途。

首先，他们升上天去，攻进因陀罗的天宫，众神得知赐予他们神力的是梵天，纷纷逃进了梵天的宫殿。就此，两兄弟征服了因陀罗的天国，残忍地统治着那里的居民。随后，他们侵略了那伽们居住的地下世界，攻下了那里；还占领了海底世界。接着，他们把目光再一次投向人间，对自己的追随者们狠狠说道："神灵依靠圣人的祭祀维持力量，那么，我们将集中火力消灭这些圣人，他们是我们一族的敌人。"

说罢，他们便怀着满腔恨意，朝那些虔诚献祭的贤者发起进攻。不论走到哪里，只要见到婆罗门，他们便将其赶尽杀绝。在神恩加护下，祭司们施加于他们的诅咒都变得毫无作用。仙人们一见他们，便像蛇看见迦楼罗一般，吓得纷纷躲进了隐居的茅屋里。一切祭祀活动都停止了，因为国王和婆罗门都被杀死了，所有人都为他们哀悼。一切买卖、耕作与放牧都停止了，城市化为丘墟，满地白骨森森，不堪入目。一看见孙陀和乌普孙陀，甚至连日月星辰都收敛了光芒。

在征服了三界后，这对达伊提耶兄弟居住在俱卢之野。当时，两人都未曾谈婚论嫁。

众神、仙人、日月星辰和其他高贵的存在，此时都簇拥在梵天身边，祈求他略施巧计，阻止孙陀和乌普孙陀的暴行。众神与人类的父亲沉吟片刻，招来了神匠维施瓦卡尔玛。

"用你的全力，"梵天说，"创造一个三界中最美丽的女子。"

维施瓦卡尔玛奉命，用尽自己全部的智慧，创造了一个举世无双的美人。一看见她，所有人都两眼放光，内心激荡。这个名叫缇洛塔玛的少女一见梵天，便恭敬地向他询问自己的任务。“去吧，”梵天说，“在孙陀和乌普孙陀面前现身，在他们心中激起嫉妒与仇恨！”

与此同时，两个达伊提耶兄弟正纵情享受着自己胜利的果实。他们从乾达婆、夜叉与那伽那里抢来了恒河无数的金银财宝，将它们全部堆积在一起。由于没有人阻止他们享乐，他们以全部的精力满足自己的感官之欲。在温迪亚山麓美丽的森林与公园里，他们随意漫步，欣赏着鬼斧神工的自然风景与巧夺天工的艺术作品。就在两人陶醉于这极致的享受时，缇洛塔玛也来到了这美丽的地方。她一边走过森林，一边采摘河边的鲜花。

兄弟俩正好几杯酒下肚，忽然间看见了那女子，瞬间被她的美丽所震撼，心中燃起熊熊的爱火与妒火。两人立刻抓住缇洛塔玛的双手，带着怀疑和嫉妒看着彼此。他们都朝对方厉声喊道：“这个女人的爱属于我！”两人的矛盾迅速激化，很快便突破了思想和言语的界限。达伊提耶两兄弟举起拳头互相搏斗，最终同归于尽，一起倒在了血泊中，就像两个太阳从空中陨落一般。

在这个故事里，两兄弟凭着自己的勇武打遍三界，天上地下无人是他们的敌手，只有爱情能让他们瞬间反目成仇。

般度五子听了那罗陀所讲述的故事，理解了其中的严正警告，内心震荡不已。为了防止彼此争风吃醋，他们达成了一项协议：不得打扰德罗波蒂和般度五子中任何一个人的独处，违者将被放逐到森林里十二年。

没过多久，阿周那便违反了协议。但错不在他，只是他的好心造成了误会。当时，为了解救几个被小偷打劫的婆罗门，阿周那不得已闯进了当时坚战与德罗波蒂共处的房间去取他的武器。在得知阿周那违约背后的苦衷后，兄弟们赦免了他的惩罚。但阿周那甘愿接受惩罚，他离开坚战的房间，开始了十二年的森林之旅。

离开家乡后，阿周那拜访了黑天的家乡杜瓦拉卡城。在这里，化为人形的神灵统治着庞大的雅度族，他们都是黑天的子孙。黑天的家族与俱卢出自同一祖先，因此，俱卢族和般度族都对他青眼有加。

在杜瓦拉卡期间，阿周那娶了黑天的妹妹妙贤，并战胜了所有争夺她的人，带着她离开了。阿周那十二年流放期满归来后，德罗波蒂看见他新娶的妻子，满心嫉妒。妙贤毕恭毕敬地对她说："我是您的奴婢。"这才让她妒意稍解。

不久后，火神阿耆尼不顾雷雨之神因陀罗的反对，点燃了天帝城附近的甘味林。由于阿周那帮助阿耆尼对抗因陀罗，火神赠予他甘狄拔神弓与取之不尽的箭囊。

就这样，般度五子在富丽堂皇的宫殿里快乐地生活着。这座宫殿是由一个名叫摩耶[1]的达伊提耶巨人修建的，他曾在五兄弟帮助下逃离甘味林的大火。

这时，坚战提议举行即位礼祭，以表示自己已取得王位。但黑天对他说，他需要先消灭摩揭陀国的伽罗僧陀王。于是，般度五子与摩揭陀国展开了一场鏖战，战场上，怖军与伽罗僧陀正面交锋，并亲手杀死了他。随后，五兄弟依次朝东南西北四方进军，最终凯旋，在万人瞩目中完成了即位礼祭。

可是难敌参加完礼祭回到象城后，心中充满了嫉妒与憎恨。正当怨气冲天时，他被自己的舅舅沙恭尼请去和坚战博弈。没有一个刹帝利能拒绝骰子的诱惑。坚战虽然热爱赌博，却逢赌必输；而沙恭尼不仅赌技过人，还善于作弊。

难敌把般度五子请到了象城，坚战接受了沙恭尼博弈的邀请。虽然坚战也仔细思考过赌博的愚蠢，但最终，他仍无法抵御诱惑。于是，这决定命运的赌局开始了。坚战敌不过难敌的技巧与诡计，连赌连输，赌桌上的金钱，自己的珠宝、战车、仆人和军队都陆续输给了对方。

最终，坚战押上了自己的都城和一切公共财物。如果周围看客们的传言属实的话，他甚至押上了德罗波蒂。

① 与释迦牟尼的母亲同名，但显然并非同一人。——译者注

俱卢族众人对此欢呼雀跃。难敌派人告诉德罗波蒂，她将成为打扫卧室的女奴。难敌的弟弟难降拽着德罗波蒂的头发将她拖出了寝宫，对她施以污言秽语。眼见这一切，怖军心中发誓，一定要吸干难降的鲜血，打断难敌的双腿。

至此，般度五子彻底沦为了俱卢族的奴隶，然而怜悯德罗波蒂的持国却给了她自由。难敌担心般度五子夺回过去的一切，便再次与他们打赌，并定下赌约，赌输者要在森林里生活十二年，再乔装打扮、隐姓埋名一年。

坚战又赌了一次，仍像之前一样输得一败涂地。于是，般度五子被流放进了森林。他们脱下了帝王的长袍，背负着巨大的耻辱上了路。可是即便如此，他们心中仍抱着复仇的希望。许多人也都有预感，在十三年的流放结束后，他们将东山再起，推翻宿敌的统治。

（三）

就这样，般度五子和德罗波蒂在森林里生活了一段时间。有一天，阿周那听了毗耶娑的建议，独自离去寻找一件神器，有了它的力量，他们反抗俱卢族便易如反掌。为了考验他的勇气，大神湿婆化作人形挡在他面前。在与对方激战一番后，阿周那战胜了湿婆的化身，并从他那里获得了一件威力巨大的武器，那是对他勇气的奖赏。

德罗波蒂被拖出寝宫

在寻找神器的途中，阿周那历经千难万险，还在因陀罗的天国斯瓦尔加待了很久。而他的般度族兄弟们都为他的离开而伤心，哀叹手足离散的悲惨命运。为了缓解他们的悲伤，几位仙人给他们讲了许多大道理，以及各种各样跌宕起伏的故事，其中的主角都是与他们同样悲惨的凡人。

般度四子出门寻找兄弟时，遇上了一个名叫贾塔修拉的恶魔。除了怖军，三个兄弟都被这个魔鬼抓住了。此时的怖军正在财神俱毗罗的圣湖上寻找金莲花，听闻兄弟们被抓的消息，他立刻赶去杀死恶魔，及时救出了他们。不久后，怖军来到了俱毗罗的居所前，那里有数不尽的金银财宝。守卫们上前驱赶他，却纷纷被他杀死了。得知自己的手下被杀，俱毗罗当即勃然大怒，可马上他又消了气，说怖军只不过履行了一个武士正当防卫的职责。

阿周那在因陀罗的天宫待了五年，然后也回到了兄弟们身边。回来时，为他驾车的是因陀罗的车夫马塔里。他兴奋地向兄弟们讲述了自己的种种冒险经历，其中最吸引人的，或许是他在因陀罗的授意下与檀那婆巨魔们的战斗。在战斗中，他凭借神赐的武器与自身掌握的法力杀死了数百万敌人。坚战想让阿周那展示一下这些神兵利器的威力，可众神与仙人们都曾对他说，不到紧要关头，千万不能使用它们，因为它们对整个世界的破坏力太过强大。

听闻般度五子如今的落魄后，难敌和他的朋友们大喜过望。他甚至集结了一支大军，在他去数落对手的霉运时保护他。在难敌进入森林时，因陀罗的乐师乾达婆们劝他不要上前，但是难敌不仅不听他们的警告，还让军队与乾达婆们战斗。他敌不过对方，被乾达婆王俘虏，当然，在阿周那的求情下，乾达婆王最后还是把他放了。

般度五子在森林里经历的一切无须一一赘述。但是，其中有两次冒险还是值得一提的，因为它们和五兄弟重返王都有着密切的关联。

有一天，在五兄弟打猎时，强大的信度国国王胜车从林间瞥见了德罗波蒂，对她心生爱慕，连忙上前与她搭讪。他劝德罗波蒂离开目前的五位丈夫，成为自己的妻子。在德罗波蒂拒绝他后，他直接将她掳走了。般度五子从鸟兽的叫声中听说了这一消息，立刻紧追上去，拦住了胜车的去路。怖军抓住了胜车，将他从车上拽到了地上，一番拳打脚踢差点结果了他的性命。直到胜车求饶说："我是般度族的奴才。"才侥幸捡回了性命和自由。

另一次冒险不仅充满了惊险与诡谲，还差点使般度五子葬送了性命。这一次，坚战带着兄弟们来到杜瓦伊塔森林，这里住着一位隐士。隐士请般度五子帮他夺回被一头雄鹿抢走的柴火。五兄弟一路追逐雄鹿，可雄鹿跑得比他们快得多，他们只得眼看着它在自己眼皮底下消失。失望的兄弟五人在一棵大榕树下休息，坚战让无种去给大家打水。

无种来到了湖边，刚准备打水，却听到空中传来一个声音："不要轻举妄动，先回答我的问题，再喝水、打水也不迟。"无种当时正饥渴难耐，丝毫不理会那声音，直接痛饮起清凉的湖水，结果，不一会儿便倒地身亡。

见无种迟迟未归，坚战便让无种的孪生兄弟偕天前去催促。偕天看见兄弟倒在湖边的惨状，悲从中来，但因饥渴难耐，他也准备到湖边喝水。这时，那声音又一次响起，让他先回答问题再喝水。同样地，偕天也不以为意，结果，就像无种一样，他喝下第三口水便死了。惊异于偕天也没有回来，坚战让阿周那去探寻二人失踪的原因。

阿周那对自己兄弟的死状十分震惊，当即弯弓搭箭，却看不到任何人影。这时，有个声音对他说道："你为何要用武力占据这禁忌的水域？只要你回答了我的问题，就能肆意喝水或打水。"可是阿周那此刻怒火中烧，喊道："现身吧！不要在我面前躲藏！我的箭会告诉你如此大放厥词的代价！"

说着，他便朝四面八方射出满天箭雨，却无一命中。然后，他饥渴难耐，不管不顾地喝起水来，也像兄弟们一样倒地身亡。

兄弟们接二连三地失踪，让坚战心急如焚，这次他派怖军前去调查。怖军没走多远，就看见自己的三个兄弟倒在水边，毫无生气。他满心愤懑，想尽快找到凶手狠狠打一架，却终究抵不过饥渴，准备先喝口水。他也听到那个声音，叫他回答问题。然而怖军也同样没有理会，没回答问题就喝了水，倒地死去。

最后，坚战不得不亲自前去一探究竟。他在水边见到了自己四个弟弟的尸首。他看着他们，哀叹伤痛不已，心想如此正直而勇敢的武士怎会如此轻易地死去。最后，他也走向了湖水，没走几步，便听见有声音让他停下，回答完问题再取水。

足智多谋的坚战并未因一时冲动而无视那看不见的存在的话语，而是疑惑地反问对方的名字，怀疑对方可能是神灵。

那声音回答道："我是个夜叉，你的兄弟们是我杀的。我希望他们能克制自己，但他们没有，反而不顾劝告便喝起水来。哦，国王，你也一样，如果你爱惜生命，请不要立刻喝水。只要你回答了我的问题，我便允许你自由取水。"

坚战回答道："哦，夜叉，我不可能不听从你的指示。首先，就像你说的，你向我提问所有的问题。然后，我告诉你所有的答案。"

坚战耳边传来了声音

“说吧，”那夜叉问道，“是什么让太阳东升西落？谁照看着太阳？又是什么维持着它的运行？”

“梵天让太阳升起，”坚战回答，“达摩让太阳落下，众神照看着太阳，真理维持着它的运行。”

“什么东西睡觉不闭眼？”夜叉问，“什么东西出生不挣扎？什么东西没有心？什么东西自己起伏不定？”

“鱼类睡觉不闭眼，鸟类破壳不挣扎，石头没有心，河流自己起伏不定。”坚战说。

夜叉又问道：“谁是人类不可战胜的敌人？什么是永恒的疾病？什么样的人是神圣的，什么样的人是渎神的？”

坚战回答道：“愤怒是人类最难战胜的敌人，欲望是人类永恒的疾病，为众生谋求福祉的人是神圣的，冷酷无情的人是渎神的。”

“快告诉我，”夜叉问道，“什么人要下无间地狱？”

坚战回答道：“那些把化缘的婆罗门请到家里，却对他们说‘我什么都没有’的人；那些怀疑《吠陀经》、手抄卷与婆罗门的话语有错误的人；那些明明腰缠万贯，却对他人一毛不拔的人——这些人都要下无间地狱。”

就这样，夜叉向坚战问了许许多多的难题，它们涉及三界方方面面的知识，有的意义重大，有的微不足道。其他人面对这些问题，肯定会因为知识浅薄或耐心不足而回答不下去；但坚战不同，他既博闻强记又动心忍性，总能机智地答出每一个问题，既波澜不惊，又毫无差错。过了很久以后，夜叉说道："你向我展示了你的完美无缺，因此，我会复活你的兄弟们。"

夜叉说罢，死去的般度族四兄弟便立刻站了起来，并且瞬间不再饥渴。此时坚战却仍执意刨根问底，说道："我想再问一次你是谁。在我看来，你显然不是什么夜叉。我的兄弟们都是盖世英雄，怎么可能输给那普通的幺麽小丑。你应该是婆苏[①]或摩录多[②]众神之一吧？请告诉我，我向你请求！"

听到坚战的请求，那声音对他说道："听好了，我是你的父亲，法律之神达摩，我在此是为了试探你的德行，而你已经通过了我的考验。"

应坚战的要求，达摩给予了他多种恩赐。随后，般度五子高高兴兴地回到了住处。神灵给予他们的好处之一在于，无论他们伪装成什么样的人，别人都无法认出他们的原样。而接下来，他们正好就要度过乔装打扮的一年。

---

① 担任因陀罗麾下大臣的八位自然神，阿耆尼、伐楼那等都在其列。——译者注

② 湿婆之子，掌管风暴的恶神，常以多胞胎兄弟的模样现身。——译者注

（四）

约定的第十三年终于到来了，般度五子动身前往比拉塔的王国。坚战打扮成了一个职业赌徒，因为之前他在森林里流浪时，遇到的一位仙人曾赐予他逢赌必赢的本领。怖军打扮成一个厨师，阿周那打扮成一个歌舞教师，无种和偕天分别打扮成马夫和牧马人，德罗波蒂则打扮成一个女佣。

当夫妻六人向国王请求在宫中工作时，国王对他们的外貌十分怀疑。他认为，比起奴仆，对方的模样明显更像王族。然而，他们准确无误地回答了国王提出的所有问题，并获得了在宫中干活的机会。

只不过，般度五子过人的力量和勇气终究是藏不住的。怖军战胜了一个孔武有力的摔跤手，并在斗兽场上击败了许多野兽。后来，比拉塔国王的大元帅奇查卡向德罗波蒂求婚，德罗波蒂大为反感，对方便以武力逼迫她屈服。怖军趁奇查卡孤身一人之际，与其徒手肉搏并杀死了他。

听闻奇查卡的死讯，比拉塔的敌人们觉得，向他开战的好时机到了。他们邀请持国百子与自己结盟，两国军队一起突袭了比拉塔的牛群。般度五子协助比拉塔作战，在他们的攻势下，俱卢族及其盟友节节败退。阿周那让王子乌塔拉将捷报传递给国王，并叮嘱他隐去般度五子在战斗中的贡献。乌塔拉谦逊地对国王说，打赢这场战斗的不是他自己，而是一位神之子，他当时隐去了身形，可随后便将重新现身。

不久后，约定的时间已满，般度五子换回了王族的服饰，来到比拉塔国王面前，告诉了他事情的真相。比拉塔听了十分高兴，并要将自己的女儿至上嫁给阿周那。但阿周那并未接受这位新娘，而是将她说给了自己与妙贤的儿子激昂。两人举行了一场无比盛大的婚礼，就连黑天本人都率领一支庞大的人马前来参加。

随后，般度五子向比拉塔国王和在场的其他人询问起了战胜俱卢族的方法。作为武士，他们必须要通过战斗向对方复仇。黑天和他同父异母的兄长大力罗摩建议五兄弟与对方议和，随后便返回了杜瓦拉卡。他们不愿卷进两方的争斗中。

即将开战的双方领军人物——阿周那和难敌——都动身前往杜瓦拉卡，再次去寻求黑天的帮助。黑天同意对双方都给予帮助，并让两人在他手下大军的援助和他本人的谋略之间二选一。不过他也表示，将不会亲自参与作战。阿周那选择了黑天本人，而难敌选择了黑天的军队。

为了让双方和平地解决问题，般度五子的岳父祭军王派自己的祭司去给持国传话。毗耶娑尊贵的异母兄长毗湿摩也作为国王的代表，前去与他们商讨议和之事。

然而五兄弟的同母兄长迦尔纳却站在持国一边，因为他的母亲在他年幼时便抛弃了他。据说她这样做是为了消除他对自己的威胁，好让般度五子作为持国的后人安全成长。

老国王让自己的车夫全胜去向般度五子传话。全胜对他们讲起了持国百子的强大，以及人类的战斗胜利所带来的成功的短暂性。然而坚战只相信阿周那的英明神武，以及刹帝利不战不休的使命。当他们再次向黑天寻求建议时，这位大神说，和平确实值得期待，但对于战士而言，战斗总是在所难免。坚战决定只向持国索要一小块土地以供居住，这样他们就别无他求了。

全胜带着谈判结果回到国王身边，毗湿摩和其他智慧的谋臣们都强烈主张对般度五子网开一面。可是难敌依旧刚愎自用，不肯采纳他们的建议。哪怕他的生母甘陀利告诉他，他将会被怖军击败并羞辱，他还是一意孤行。

为了再一次尝试让敌人态度软化，五兄弟请黑天前去与俱卢族议和。黑天答应了他们，但条件是，如果难敌拒绝了这光荣的请求，他将全军覆没。

黑天在满天祥瑞下出发。闻说他即将到来，持国打算以尊贵的礼数招待他。可难敌却轻蔑地拒绝了国王的建议，并恬不知耻地说，应该把黑天扔进监狱。

在黑天到达王都的第二天，当他来到满朝文武中间时，天上的仙人们都下凡来参与这场讨论。当黑天睿智而耐心地陈述自己的观点时，仙人们也都给出了自己的看法。通过讲述上古时期的传说，他们一再诉说着傲慢与偏执的危害。大部分俱卢族领袖都为他们充满智慧的主张所折服，只有难敌对此毫不在意。随后，黑天私下对难敌讲述起相同的事情，持国、毗湿摩和其他人也都劝他倾听对方的建议，可是难敌仍对他们不屑一顾，还反唇相讥。哪怕他们叫来了难敌的生母甘陀利，都无法使他改变开战的决定。最后，难敌愤愤然地离开了众人，开始计划如何拿黑天开刀。

难敌走后，黑天在所有人面前展现出神灵本相，告诉众人，自己正是万物的源泉与主宰。在接受了在场众人的致敬后，他又变回人形，离开了。

在回到般度五子身边之前，黑天又去劝说迦尔纳放弃开战的想法。尽管迦尔纳确实是般度五子同母异父的兄长，但他始终对生母心存怨恨，而收养他的车夫夫妇又从小教育他忠于俱卢族。所以迦尔纳一直都对般度五子充满敌意。当迦尔纳正在恒河岸边献祭时，母亲单独一人来找他，劝说他不要跟弟弟们开战。他无奈之下，只得答应母亲，除了阿周那以外，自己将不会与般度五子中的任何一人殊死搏斗。然后，他拥抱了自己的母亲，离开了。

不久后，双方的首领都披坚执锐，调兵遣将，奔赴沙场。除了般度五子，般度族一方的将领还有祭军王和他的儿子猛光、比拉塔和束发。

在持国的要求下，年迈的毗湿摩担任了俱卢族的总司令。他有着丰富的作战经验和其他许多领域的智慧。当持国向他询问般度族一方众将的实力时，他盛赞了对方的许多位将领，并称，阿周那不论是敌是友，都是所向无敌的存在。不过同时，他也表示，自己的战斗技能足以与对方抗衡。俱卢族众人也都对他成为自己的主将表示热烈欢迎。只是，毗湿摩对迦尔纳十分不信任。对此，迦尔纳勃然大怒，指责毗湿摩在众人最需要同心协力时挑拨离间，在军中埋下分裂的种子。

对战双方的师傅德罗纳也站在了俱卢族一边，即使他始终对般度五子抱有极高的期望。同一阵营的将领还有德罗纳的儿子马嘶和慈悯，以及摩德罗国王沙利耶。

两方军队都对胜利抱有相同的信心。俱卢族诸王大都期盼着在几天内终结般度五子。相对应地，阿周那也想着，只要借助自己手中的神兵利器，再加上黑天的锦囊妙计与驾车技术，就能不费吹灰之力，瞬间消灭所有敌人。

（五）

这场激烈的大战持续了几天几夜。在古老的梵文诗篇中，关于它的记录足足有荷马《伊利亚特》的四倍之长。试问，谁又能在几页纸之间讲完这场战争的全部故事呢？

正如前文所说，这场大战是如此惊天动地。与俱卢之野上的英雄们相比，荷马笔下的勇士们都无足轻重了。故事的主角中，许多英雄都有着神赐的伟力，他们有的是神子或半神，有的是檀那婆或罗刹。他们使用的种种神奇武器，不仅人力无法创造，就连人的思维都无法想象。这些武器能瞬间制造出铺天盖地的烈火、洪水或乌云，抑或是毫无征兆地麻痹或斩杀成千上万的敌人。借助这些毁天灭地的武器，万夫莫敌的勇士们总能一边御风飞行，一边消灭大批的敌人。当他们筋疲力尽或腹背受敌时，也能立刻消失无影，摆脱蜂拥而至的敌群。在这些盖世英雄面前，人海战术毫无意义，他们能一口气杀死几十个敌人——说得更确切一点，是无数低种姓的杂兵。哪怕不依靠他人的帮助，他们都能独自对抗数以千计的战马、战车与战象，并将它们全部摧毁。

与此同时，俱卢族与般度族的军队总人数也都庞大得超乎想象。与这两支无穷无尽的人马相比，真实历史上最大规模的战争都只能算作村口流氓的小打小闹。

虽然这场战争的规模如此庞大，但俱卢族众人与般度五子的祖父毗耶娑将全景视角赋予了他盲目的儿子持国王，好让他看清战争的全貌。但持国不愿看见自己的下一辈手足相残，便拒绝了复明；毗耶娑只得将刀枪不入的法力与观尽天下、洞察昼夜的眼力赋予国王的车夫全胜。这样一来，持国便不用担心看见任何血腥的画面了。这对于持国来说是一件好事，因为当时的战场上哀号遍野，一群又一群的战士命丧沙场。

就这样，全胜向国王报告了过去、现在和未来的许多事情。同样，作为阿周那的车夫，黑天也不得不安抚他的战友，因为只要一看到对面击鼓列阵的军队，阿周那便会想起自己是在与亲人、朋友与师长作战，继而心如死灰，失去了战意。为了让阿周那恢复斗志，黑天对他吟诵了著名的《薄伽梵歌》，即“主神之歌”。在歌中，他先是劝说阿周那大义灭亲，完成武士的职责，并说道，一个灵魂永远无法杀死另一个灵魂，也永远不会被另一个灵魂所杀。死亡的本质，只是灵魂从一具肉体转移到另一具肉体。随后，黑天朝阿周那滔滔不绝地陈述起信仰的意义，并在他面前现出神灵真身，让他直接陷入疯狂，顶礼膜拜。受到黑天的抚慰后，阿周那立刻重振精神，举起了甘狄拔神弓，准备战斗。

在正式开战之前，坚战仍未忘记对自己的长辈与导师致意。他带着恳求的目光来到了俱卢族帐下，带着崇高的敬意问候了毗湿摩、德罗纳和其他长者。坚战诚挚的问候打动了战斗的双方，他们都对他肃然起敬。毗湿摩说，这次行礼足以证明坚战已胜券在握。

随后，战斗在两军潮水般的怒吼中展开。激烈得无以名状的白刃战持续了几天几夜。双方主将的每次猛攻，都让数以百万计的兵卒命丧黄泉。同时，那些领军人物始终打得有来有回，不分高低，有时俱卢族胜，有时般度族赢。然而，在战争进行到第十天之前，一直没有任何高级将领倒下。

终于，毗湿摩本人第一个倒下了。临死前，他仍挥手消灭了几千支般度族部队。然而他并没有当天即死——事实上，他的死法实在是异乎寻常。在那一天到来之前，阿周那早已奋勇挑战过毗湿摩数次，但始终与对方不相上下；那一天，他再次朝对方发起挑战，比之前愈加热血沸腾。虽然毗湿摩依旧负隅顽抗，却终究力有不逮；他毕竟早已经垂垂老矣，无法再像年轻时那样纵横沙场。最终，老英雄被阿周那与其手下射出的箭雨戳得千疮百孔，浑身上下每两指距离就是一个血洞。只不过，他拥有一项特殊能力，只要太阳没有升到某个吉祥的角度，他便能无限延迟自己的死亡。只见毗湿摩让战友们把自己放下。听见他的命令，双方的战士们都纷纷停止了手头的战斗，聚集到年迈的毗湿摩身边，看着他躺倒在无数箭矢铺成的钉板之上。阿周那用三支箭替他搭成了枕头，支撑起他下垂的头颅，并为他取水，以缓解他喉头的饥渴。

就这样，毗湿摩以这般奇怪的姿态躺了许多天。在他周围，其他人血腥的战斗仍未停止。

毗湿摩失去战斗力后，难敌和迦尔纳推举德罗纳成为俱卢族的主将。难敌请求德罗纳一定要活捉坚战。为此，德罗纳打算将阿周那从坚战身边引开，这样，般度五子中的长兄便无人保护了。可是阿周那非常聪明，一直将保护坚战放在第一位，并狠狠地反击了那些打算引开他的敌人。在一场激烈的战斗后，他杀死了俱卢族有名的勇士福授。可就在这时，他的儿子激昂刚刚赢了几次，便被迦尔纳率领的一群战车兵包围，死于其手。

激昂的死给般度五子带来了巨大的打击。这时，毗耶娑突然出现在他们面前，他正是来安慰他们的。毗耶娑向五兄弟讲述了许多智慧的寓言故事，以向他们阐明，再强大的勇士都终有一死。听了这些故事，备受激励的坚战恢复了斗志，继续投入战斗。

阿周那发誓，一定要杀死信度国国王胜车。正是胜车杀死了激昂；也正是他，在般度五子流浪时掳走了德罗波蒂。经过长年累月的艰苦修行，胜车的法力已足以抵御除阿周那以外般度四兄弟的攻击。但是，就算他周围有许多俱卢族勇士保护，面对阿周那的攻势时也依然束手无策。虽然胜车的反抗的确勇猛，但阿周那还是战胜了他，砍下了他的首级。

怖军也同样在战场上大放异彩，一路将持国的许多子嗣送到了阎魔身边。当时，怖军正在与德罗纳交手。不一会儿，迦尔纳赶来保护德罗纳，两人展开了激烈的拼杀，却始终不相上下，难分难解。见阿周那赶来支援怖军，迦尔纳便退出了战斗。

因为德罗纳之子马嘶在战场上勇猛无匹，黑天便建议般度五子向对方散布“马嘶已死”的假消息，好让德罗纳心灰意冷，停止战斗。怖军照做了，他立即宰杀了一头名为“马嘶”的大象，并告诉德罗纳“马嘶”已死。德罗纳一点也不相信这件事，并向坚战询问消息的真假。作为达摩神之子，坚战一直被敌我双方公认为最诚实无隐的正人君子，他纯洁的灵魂甚至能让自己乘坐的战车悬浮在一掌之高的空中，丝毫不沾尘泥。此时此刻，坚战听见一个自称万物之主的声音对自己说，应该告诉他“马嘶”真的已经死了。坚战照做了，只不过，他还是解释道，那指的是一头大象。说罢，坚战乘坐的战车落到了地上。但德罗纳依然悲从中来，停止了战斗，呆呆地站在车上。猛光趁机砍下了他的头，把它扔向俱卢族大军。

听闻父亲的死讯，马嘶怒火攻心，朝般度族军队发起猛烈冲锋。他使出一件神器，用大火烧死了大群敌军。不过同时，阿周那也祭出几样法宝，抑制住了马嘶的攻势。马嘶发誓要将般度族赶尽杀绝；而坚战在神灵诱导下说出的谎言，也将在未来成为致命的诅咒。这誓言与谎言的具体影响，我们将在接下来的情节里一一讲述。

(六)

德罗纳死后，般度五子同母异父的兄长迦尔纳被推举为俱卢族的主将。他一上任便让摩德罗国王沙利耶替自己驾起马车，冲上战场，与坚战展开激战。般度族王子占得先机，一箭将对手射倒。可是迦尔纳立刻又站了起来，朝坚战射出万千箭矢。兄弟们费了九牛二虎之力才将坚战抢救下来，此时，他的战马已身首异处，车夫也倒地不起。

四兄弟返回战场时，曾经拽过德罗波蒂头发的难降勇敢地与怖军对峙，只一击便将其重创。可怖军仍然不屈不挠，与难降恶战一番，最终战胜了对手。他还扒开了难降的胸膛，吸干了他的鲜血，兑现了之前发过的毒誓。

比这更激烈的是迦尔纳与阿周那之间的生死决斗，他们像两头发狂的大象一样打得难舍难分。两人向对方掷出一件又一件武器，成千上万的箭矢如乌云遮蔽了天空。忽然，迦尔纳的战车陷进了土里。原来，很久以前曾有个婆罗门对迦尔纳施下诅咒，他说，当迦尔纳的战车陷进泥土，便是他的大限来临之时。迦尔纳拼命想将车轮拔出泥泞，他的神力震撼了整片大陆与周围的七海。就在这一刻，阿周那一箭贯穿了他的胸膛，并在他举起车轮前砍掉了他的脑袋。耀眼的光芒从迦尔纳无头的尸体中喷溢而出，因为他是太阳神之子，他的生命之光也终将回归太阳。般度族见敌人已死，高兴地吹响了号角；俱卢族见主将已死，纷纷惊慌失措。

随后，俱卢族又推举沙利耶为主将，他与怖军展开了一场惊天动地的大战。他们以雷霆之势朝对方挥出战锤，将对方击得疼痛难忍，退避三舍。幸好坚战在兄弟们的鼓励下重新振作起来，挺身迎战沙利耶。摩德罗国王拼力反抗坚战恐怖的攻势，却最终一败涂地。他的攻势被坚战的手下搅乱，他自己也被坚战射出的一支具有魔力的箭击倒在地。

在般度族势如破竹的进攻下，一个又一个俱卢族将领倒地身亡。俱卢族军队群龙无首，竟被般度族打得作了鸟兽散。在失去了一支又一支部队后，俱卢族只剩下四个首领：难敌、马嘶、慈悯和成铠。

难敌一个人离开了大部队，来到一个湖边，走进水里。在神奇力量的作用下，湖水包裹住他的身体，形成密室般的结界[①]，他就在里面休息了起来。其他三位忧心忡忡的主将也追随难敌来到湖边，叫他出来带领他们战斗。难敌说，当他在湖底休息好了，自然会回来作战。

难敌在湖底休息的消息被猎人带到了般度五子耳中。

怖军大喜过望，重赏了传递消息的猎人。随后，坚

① 在《摩诃婆罗多》原著中，难敌拥有一件“水神法宝”，能操控江河湖海之水。——译者注

战赶到湖边，叫难敌出来履行武士的职责。难敌对坚战说，自己现在很累，要修养，坚战斥责他软弱无能。在被坚战训斥了许久之后，难敌终于现身，声称要与般度五子展开车轮大战。怖军欣然接受对方的挑战，双方决定用战锤一决高下，因为他们都擅长使用这种威力巨大的武器。

怖军与难敌的战斗在天地间引发了无数异象，他们举锤相击，声如雷鸣，火花四溅。两人一次又一次将对方击倒在地，砸得遍体鳞伤，却都始终无法给对方造成真正致命的打击。

正在他们打得你死我活时，阿周那问黑天，怖军将如何取胜。黑天回答他说，虽然难敌诡计多端，但怖军也同样能以牙还牙。他提醒阿周那，怖军早就发誓要打断难敌的双腿，虽然那被认为是一手阴险的招式，但现在正是他实现誓言的时刻。听闻此言，阿周那立刻用手拍了拍自己的大腿，怖军见状，马上想起了自己过去的誓言，奋力挥起战锤，砸断了难敌的双腿。下肢残废的难敌瞬间摔倒在地，周围的将士们都责骂怖军的阴险。难敌刚用手臂支撑起身体，就张嘴骂起了黑天，责备他破坏了战斗的公平性。坚战劝难敌不要动怒，并告诉他，怖军这样做只是言出必行，而黑天也从未想过双重标准，那有损神灵的大公无私。

这时，般度族大军已经攻进了俱卢族的大本营，却

怖军挥起战锤

发现里面只剩下老弱妇孺。在象城，黑天找到了持国和甘陀利。在威逼利诱下，国王夫妇承认，他们早就预料到了如今的结果，因为就算好言相劝，难敌也只会一意孤行；而般度族能取得胜利也是情理之中，因为他们站在了正义的一方。

存活下来的俱卢族首领马嘶、慈悯和成铠一起找到了难敌。当时的他虽然浑身鲜血淋漓，却仍有一息尚存。他们带着首领逃向南方，避开般度族大军的呐喊声，逃进了一片茂密的树林，躲到了一棵大榕树下。筋疲力尽的慈悯和成铠当场倒头就昏睡过去了，可马嘶却依然清醒着，压抑着自己的怒火。在沉思中，马嘶看见头顶的枝叶间栖息着数以千计的乌鸦。此时，一只庞大而狰狞的鸱鸮正从天而降，它有着棕色的眼睛和巨大的喙。那巨鸟悄无声息地飞落在树上，残忍地猎食着那些沉睡的乌鸦。不一会儿，乌鸦们全都被残杀殆尽，要么被折断了翅膀，要么被咬掉了脑袋，它们的尸体堆满了树冠与树下的地面，鸱鸮看着这一惨状，非常得意。

见到鸱鸮屠戮群鸦的样子，德罗纳之子心有所悟："关键时刻，这些鸟儿给我上了有用的一课：现在才是我们反攻的大好时机。如果我们按照规矩打仗，结果便只会一败涂地；可如果我们一反常规，略施巧计，便能将敌人打得落花流水。"

于是，他叫醒两位同伴，向他们讲起自己的计划。

同伴们都劝马嘶先稍做休息，但他为父报仇心切，根本容不下片刻喘息。再说，马嘶也毫不在乎趁敌人熟睡之际偷袭是一种耻辱，因为在他看来，般度五子早就用过不少的阴谋诡计了。在这些惨痛的经历中，他对猛光杀死父亲德罗纳一事尤为耿耿于怀，心中怀有深切的痛恨之情。德罗纳死前扔下了武器，这代表着他知道自己大限将至，彻底屈从于命运。

思至此处，一心复仇的马嘶朝敌人的营帐走去。在他闯入营帐时，一个面目狰狞的人形出现在他面前，那不是别人，正是大神湿婆。在与湿婆缠斗片刻后，马嘶认出了对手的真面目，对他唱起了一首崇敬的圣歌。这时，周围出现了无数的邪神、恶魔与凶兽，他们正举行着一场狂欢。群魔乱舞中，湿婆再次朝德罗纳之子走来，鼓励他继续他的任务，并赐予他一件神器。在湿婆恐怖的随从们的簇拥下，这位俱卢族将军进入了营帐，并让自己的两位战友在营帐口把守，以防敌人逃跑。

营帐内，马嘶首先找到了猛光，粗暴地把他弄醒，将他踩踏至死。接着，般度族守卫们包围了入侵者，然而马嘶用手中的神兵将他们撕成碎片。卫兵们感到眼前的敌人简直是个魔鬼，顿时失了斗志，甚至有人鬼迷心窍地杀起了自己人。这场大屠杀持续了整整一夜，太阳升起时，马嘶离开后的般度族营帐就像他来时一般寂静。

回到同伴身边后，马嘶眉飞色舞地同慈悯和成铠炫耀着自己的胜利，他们听得兴高采烈，并把这消息带到了难敌的休息处。听闻此事，奄奄一息的难敌突然如回光返照般，起身祝贺完他们，便放下了执念，灵魂离体，朝斯瓦尔加飞去。虽然难敌一生阴险狡诈又傲慢无礼，但他终究还是一位万夫莫敌的勇士，因此，他死后也足以像真正的英雄一样升入天堂。

不过，在马嘶屠杀众将士时，般度五子与德罗波蒂都碰巧不在营中，而是各自分开休息，因为早就有人告诉他们，俱卢族随时都有可能趁他们得意忘形之际发动最后一击，因此他们必须分开来规避风险。当时，只有猛光的车夫逃过了那一夜的屠杀，他立刻将消息禀告了坚战。坚战听到消息，心痛难忍。回过神来，坚战向车夫问起事情的具体经过，听完后，他想着那些曾尽心侍奉自己的人们都已消逝，再也不在，再次悲从中来，失去了意识。

同样，老国王持国也因儿子们的死亡而久久不能平静，无比哀伤。他的父亲毗耶娑仙人见状，连忙用种种智慧的言语抚慰他。毗耶娑说，死亡是一切生命的必经之路，虽然伟大的牺牲总胜于卑微的苟活，但难敌与他兄弟们的死却是罪有应得。持国听罢，面色稍缓，放弃了轻生的念头。然而当他的车夫全胜让他为王子们举行葬礼时，他却又一次因悲痛而失去意识，昏倒在地。在好友的照料下，终于恢复神智的持国与甘陀利一起来到了那天的修罗场。在那里，他们遇到了马嘶和他的同伴。当时的马嘶也同样对自己父亲的死怀有无尽哀痛。只不过，在马嘶说起他打算趁般度五子熟睡之际偷袭他们时，持国夫妇立刻离开了他，生怕五兄弟闻声赶来。

不久，坚战和他的兄弟们来到了国王面前，准备好觐见的礼节。持国迟疑了片刻，拥抱了坚战，心里却盘算着怎么用双臂勒死怖军，因为他屠杀了自己的许多子嗣。虽然年事已高又双目失明，但老国王仍然精神矍铄，孔武有力，完全足以达到自己的目的。只不过，他的想法还是被黑天看穿了，在他打算勒死怖军时，黑天让他抱住了一个铁人。持国用双臂碾碎了铁人，自己却同样身负重伤。他只得对众人承认自己的阴谋，并号啕大哭起来。这时，黑天告诉了他事情的真相，他只得温柔地拥抱怖军和其他人。

王后甘陀利也没有马上接受五兄弟言和的建议，而是厉声诅咒他们，她的熊熊怒火几乎要烧焦在场的所有人。不过到最后，她还是平息了愤怒，对五兄弟和颜悦色起来。后来，在通过毗耶娑的法力目睹了战斗的全过程后，甘陀利又一次悲从中来。这一次，她斥责黑天没有出手阻止这场血光之灾。黑天告诫她说，如果那诅咒真的应验了，他的雅度族子嗣将无一幸免。

接着，他们为所有的逝者举行了葬礼，在葬礼上，般度五子第一次听母亲说起迦尔纳的身世：他也是她的儿子，是他们同母异父的兄长。

坚战本就对自己亲族的死亡悲痛万分，当他听说迦尔纳与其是亲兄弟时，更是悲愤交加。他告诉众人，自己将进入森林，以隐居的方式度过余生。不仅坚战的兄弟们都不同意他隐遁，就连黑天也再三阻止他，最终，坚战只得屈从于他们的恳求，以胜利者的姿态走进了象城。不过，出于对长辈的尊敬，他还是让持国与甘陀利夫妇坐在自己的马车前。就这样，坚战继承了婆罗多的王位，只不过，他坚持让持国与自己共同为王。大家都称赞这一英明的决定，而坚战也不负众望，将国家治理得公正清明，繁荣昌盛。

几天后，五兄弟在黑天的带领下回到了战场上，去拜见半生半死的毗湿摩。就像之前讲到的那样，他一直被一根根箭矢钉在地上，遍体鳞伤，却仍有一息尚存。比这延续生命的能力更神奇的是，苟延残喘的毗湿摩竟还能对人说话，只要有人肯听，他就能滔滔不绝地讲到方方面面的事情。毗湿摩向般度五子讲述了四海八荒的许多故事，讲述了关于天堂与地狱，人类与野兽的一切，最后，他劝坚战回象城去，祭祀天上的众神与祖先的灵魂。很久之后，太阳终于升到了那个吉祥的位置，坚战带着四兄弟与持国回到了毗湿摩身边，看着他元神离体，在花雨与仙乐中飞升。

坚战替毗湿摩举行了葬礼，却在葬礼结束后长号不止。虽然在战场上，毗湿摩与坚战站在了不同的阵营，但在坚战心中，他依然是自己慈祥的长辈、尊敬的恩师。可毗耶娑和黑天都劝说他打起精神，举行一次马祭，只有这样，才能净化那些尊贵的王子们身上的罪孽。

如果要举行马祭，作为祭品的马必须放生一年，让它在这段时间里自由地奔跑在天地间。同时，王国的第一勇士要始终跟在马身后，不论马跑到哪里，他都要号召当地的民众向自己的君主致敬。这次的追马人由阿周那担任，因为他的战斗技巧在般度五子中排行第一。不过，由于武士以战斗为天职，一言不合便拔刀相向，这次追马活动也同样险象环生。在此，我们没有必要逐一讲述阿周那在追马过程中经历的所有冒险与战斗；我们只需要知道，在无数次艰难的斗争中，他一次次被击倒，失去意识，濒临死亡，又一次次被随身携带的一颗魔法宝石救活。最终，阿周那战胜了所有的艰难困苦，带着祭马回到了象城。为庆祝他的归来，坚战举办了一场盛大的庆典。

国王向举办祭礼的婆罗门们送去了珍贵的礼物，并举办了丰盛的筵席招待所有嘉宾。祭典上，他们宰杀了马，坚战和他的兄弟们闻了闻祭品的气息，完成了净化罪孽的仪式。随后，他们又给婆罗门和其他与会嘉宾都送去了数不尽的金银珠宝。在整场祭祀结束时，阿周那的孙子、战死沙场的激昂的儿子环住被选为王位继承人。

（七）

就这样，坚战巩固了自己的王位，并以举世无双的智慧轻松统治了婆罗多十五年。其间，俱卢族与般度族间的仇恨逐渐消散，甘陀利将德罗波蒂视如己出，持国也得到了坚战的尽心侍奉。只有怖军仍与老国王心有芥蒂，多次与其作对。后来，持国向众人宣布，自己将与妻子一同进入森林，隐居终老。虽然坚战一开始对此并不答应，但最终他还是同意了老国王的请求。于是，婆罗多曾经的国王与王后穿着树皮与兽皮制成的衣服朝森林走去。般度五子的母亲也不顾儿子们的反对，坚持与他们同行。

在众人的骚动与悲叹中，俱卢族与般度族的三位老人穿着苦行僧的简陋衣着走出了象城。进入森林后，他们开始了禁欲苦修的隐者生活，只靠很少的食物和水度日。后来，当坚战和他的兄弟们来森林里看望老人们时，发现他们已经瘦得皮包骨头了，仿佛根本维持不了常人应有的生命力。般度五子带着崇高的敬意朝三老行礼，还为他们打来了大罐大罐的泉水，与他们友善交谈。随后，毗耶娑用法力变出了他们死去亲人们的幻象，俱卢族与般度族的亡灵都从波涛汹涌的恒河水中浮现，他们不仅彼此不计前嫌，还与自己尚在尘世的亲人们谈笑风生。最后，亡者们都纷纷跳回了恒河，他们留在尘世的妻子们也跟着他们跳下了水，期盼着能与夫君在死后世界重逢。

几年后，老国王一行隐居的森林着了火，由于年老体衰，他们无力逃出生天，不幸葬身火海。有人告诉坚战，老人们并不希望他来营救，因为他们认为，这次火灾是他们命中注定的大限。大火熄灭后，般度五子心情沉重地赶到他们的隐居处，为逝者的灵魂献上祭品。以坚战为首的五兄弟为父母举行了葬礼，随后，他们便返回了王都。

至此，整个故事还剩下最后一个悲剧事件，虽然此时的般度五子已经坐拥天下，大获全胜，但这一悲剧仍足以让他们幸福美满的生活化为泡影。

前文提到，神灵化身的大英雄黑天居住在海边的杜瓦拉卡城，管理着一个完全由自己后代组成的庞大部族。而现在，甘陀利的诅咒即将应验，这个名为雅度族的族群正面临自己命中注定的终末时刻。

俱卢之野大战结束后的第三十六年，坚战王再次看见了诡异而不祥的征兆，般度五子都对此非常担忧。不久后，雅度族覆亡的消息便传到了他们耳边。

虽然整个雅度族都是同一位正神的后代，但他们的德行却丝毫称不上高尚。雅度族之所以如此迅速地灭亡，是因为他们朝一群圣人开了玩笑，招致了圣人的诅咒。他们还多次羞辱婆罗门，并常因好饮无度而寻衅滋事。

圣人们灭族的诅咒招来了恐怖的天象。见此，黑天感到自己的族人已在劫难逃，便将手中的神兵利器都归还天界。他还抛下了自己的战车，任由神马拉着它在大海的波浪间飞驰。

那时，雅度族人正聚集在波罗婆娑的海边，一边沐浴圣水，一边载歌载舞，大快朵颐。这群人中最高兴的莫过于黑天的兄长大力罗摩，他也是一位半神。觥筹交错间，越来越多的雅度族人开始醉意朦胧，借着酒劲胡言乱语。在场的成铠是曾经趁夜偷袭般度族营帐的四位俱卢族将领之一，有人便借此大肆讥讽挖苦他。成铠激烈反驳，善战立刻冲上前去，直接砍掉了他的头。其他人见状，又立刻朝善战涌过去，杀死了他。就这样，人群间的乱斗愈演愈烈，甚至连黑天本人也参与其中，将手中草叶化为兵刃，杀死了许多人。在这场战斗中，有子弑父，也有父杀子，还有草叶变成战锤这样的乱象。就这样，整个雅度族都陷入了失去理智的混战中，仿佛虫子遇到了山火，无一幸免。

此时此刻，也正是黑天与大力罗摩褪去肉身，回归天界之时。于是，黑天派使者请阿周那火速赶来。然后，他便走入森林，看见自己的兄长早已举行起了献身的仪式。只见一条巨蛇从大力罗摩口中游出，那正是他的神灵本相——世界之蛇舍沙。黑天也紧随其后投入献身的冥想之中，他盘腿而坐，将左腿叠在右腿上，可是就在这时，一个猎人误把黑天看作了一头鹿，射中了他露出的右脚。而带着脚伤转世也恰好是黑天宿命的一部分。于是黑天宽慰了那个猎人，让他放下恐惧，随后便带着万丈光芒飞升了。

这时，阿周那终于赶到，他遗憾地朝黑天在人间的年迈老父亲富天行礼，朝黑天与雅度族战士们的遗孀致意。富天告诉阿周那，黑天曾预言，杜瓦拉卡将在他离开后被海水淹没。于是阿周那号召所有幸存的雅度族人收拾好行李，随他一起前往天帝城避难。替逝去的雅度族人举行完葬礼后，他们便出发了。途中，他们遭遇了野蛮人的袭击，阿周那却悲哀地发现，自己的甘狄拔神弓与无尽箭囊失去了以往的神力，只得眼睁睁看着一位位雅度族遗孀被野蛮人劫走。阿周那明白，这一切都是天注定的，可是，他不甘心，他仍不愿放弃。

其余杜瓦拉卡的雅度族人都被安置在了天帝城，可是阿周那仍然悲痛不已，他跑去祖父毗耶娑的隐居处忏悔。仙人听完雅度族的悲惨故事，却安慰他说，他们所遭受到一切都是对其生前罪行的报应；他还说，般度五子已经完成了自己命定的伟大功业，因此，等待他们的只剩下死后的升天之路了。

听完毗耶娑的宽慰，阿周那回到象城，将这一切转告给了坚战。

（八）

坚战听闻雅度族城毁人亡，预感到自己的大限也不远了。阿周那和其他几个兄弟与他一起就此讨论了许久，最终，五人决定以一场朝圣之旅了却自己。

临走前，坚战宣布环住成为象城的新王；又将雅度族最后的幸存者金刚封为天帝城之主。接着，他和兄弟们为死去的雅度族人举行了葬礼，设宴款待了举行仪式的仙人们。然后，五兄弟脱下华冠丽服，换上树皮缝成的衣服，离开了自己的故都。在出城的路上，黎民百姓纷纷夹道挽留，但般度五子仍然坚持向前。女人们看到此情此景都忍不住哭了起来，因为此时般度五子与德罗波蒂离去的样子，实在像极了过去他们赌输整个国家不得不离开时的悲惨境地。然而事实上，此时的五兄弟与他们的妻子内心都十分愉悦。在他们离开象城时，一条狗也跟着他们踏上了旅途。

六人首先朝东面进发，一路风餐露宿却信念坚定，他们的脚步走过了许多国家。在路上，坚战总是走在最前面，紧跟着他的是怖军，然后是阿周那、无种和偕天，最后是世间最美丽的女子——莲花般的德罗波蒂。除了那条狗，他们再也没有其他追随者。

不久后，他们来到了红海岸边，看见山岭般高大的火神挡在他们面前。火神让阿周那将甘狄拔神弓与无尽箭囊还给他，可是一路之上始终不曾离身的这两件神器，让阿周那一时间难以割舍。阿耆尼对阿周那说，这两件神器是他多年前从伐楼那那里获得的，既然他不再需要它们了，便要把它们还给伐楼那。于是阿周那把神弓和箭囊扔进了海里，火神便立刻消失不见了。

随后，般度五子继续朝天地四方进发。他们朝西行进时，看见了海水之下的杜瓦拉卡城。随后，他们又向北方出发，打算绕大陆一周，便来到了巍峨的大雪山[1]下。翻过了山脉，他们来到了一片广袤无边的沙漠，在远处，群山之王须弥山直插云天。

谁知，当他们开始加速朝须弥山赶去时，德罗波蒂却突然昏倒在地。怖军对他的王兄说道："我们的公主是无辜的！为什么现在却突然晕倒了呢?"

坚战回答道："她实在太爱阿周那了，这是她应得的回报。"说罢，他头也不回地继续向前进发。

接着，智慧的偕天也昏倒了，怖军又问坚战："为什么他也晕倒了？他可是我们中最谦卑的人啊。"

坚战回答道："正是由于对他人过于谦卑，他从来都不为自己考虑。"说着，他便留下偕天，带着剩下的三兄弟和狗朝前走去。

目睹了德罗波蒂与偕天的惨状，无种悲从中来，也

① 即今喜马拉雅山。——译者注

失去意识昏了过去。怖军再次问坚战："为什么连无种也晕倒了？他是我们正直的兄弟，他英俊的容貌无人能比。"

坚战回答道："虽然我们的弟弟无种的确玉树临风又俊美无双，但他总在心底对自己说，'没有人比我更英俊，我的容貌是天下第一'。因此，他倒下了。继续向前吧，兄弟。"

这时，阿周那也被兄弟们挨个倒下带来的悲痛所感染，这位德高望重又骁勇善战的般度族王子也倒地不起了。看见这勇猛如狮的英雄也倒地不起，生死不明，怖军不禁朝王兄问道："阿周那的一生都没有缺点，为什么连他也要倒在半路上呢？"

坚战回答道："他曾试图在一天之内消灭自己的所有敌人，但他失败了，所以他倒下了。"

就这样，坚战一直往前走去。终于，连怖军也昏倒在地。倒地之际，怖军还朝坚战哭喊道："看看我吧，噢，王啊！告诉我，为什么连我也倒下了？你一定知道吧！"

坚战回答他："你一向口无遮拦，又喜欢胡吃海喝，所以才落到如此境地。"说罢，勇敢的国王便不再看他，继续前行，跟随他的只剩下一只狗。

这时，在响彻天地的雷鸣声中，因陀罗驾着马车出现在坚战面前，邀请他上车。可手足离散的坚战正兀自伤感，说道："我的兄弟们都已倒地不起，我不愿将他们丢下，孤身前往斯瓦尔加，我想让他们与我一同升天！还有我们美丽而高贵的公主，也请让她与我们同行！”

因陀罗说：“你的兄弟们早已先你去到了斯瓦尔加，你会在那里见到他们，你应该感到高兴才对。”

坚战又说：“这只狗是我真正的旅伴，所以，请让它也跟我一同升天。”

“既然你已经获得了永生与大欢喜，”因陀罗说，“为何还要在意一只狗呢？你难道不知道，只要有狗在场，一切宗教仪式的神圣性都将被污秽的邪魔破坏吗？”

可是坚战回答道：“贵族不可能做出真正卑贱的行为。倘若与旅伴分离，我便不可能快乐。”

因陀罗对坚战说，斯瓦尔加不允许狗的存在，但坚战依然坚持道：“古人说，抛下一个旅伴的罪恶相当于杀死一个婆罗门，因此，我也不会只为了大欢喜而抛弃这条狗。”

因陀罗又问，他如此执着于将狗带上天国，却对自己的兄弟们与德罗波蒂的逝去并不坚持，是不是疯了。

坚战解释道：“那是因为他们都已经死了，我无法让他们复生。此外，不论是虐待寻求帮助的人、杀害女人、抢劫婆罗门，还是与朋友反目成仇，其罪恶都比不上抛下一个忠诚的旅伴。”

听闻此言，那只狗立刻现出了原形，正是天神达摩本人，他语气柔和地称赞坚战：

“坚战，你不愧是我的儿子。我曾在杜瓦伊塔森林试探你，在你的兄弟们都失败后，你最终通过了考验。为了不抛弃一路相随的忠犬，你拒绝与天神同车偕行。你要知道，你的兄弟们并不在斯瓦尔加的任何地方，你将独自一人肉身成圣，到达极乐世界。”

说着，达摩和因陀罗，以及随行的众神、摩录多和仙人们都一同邀请坚战上车。接着，他们便带着万丈光芒升上了天。坚战上车后，智慧的那罗陀和其他众仙人纷纷高声称赞他的德行，祝福他。听完众神的祝福，坚战也对众人回敬致意。他说：

“我只想找到我的兄弟们，不管是好是坏，别无他求。”

诸神之王温和地回答道：“伟大的君王，你只需在天国享福即可，为何还要想那人间的羁绊呢？你已经达到了凡人难以企及的最高境界，为何仍要想着你那达不到这境界的兄弟们呢？”

但坚战的回答一如往常：“没有他们，我也不该在这儿住着。噢，降魔之神啊，我的兄弟们在哪里？而贤惠的德罗波蒂，世间女子之冠，她又在哪里？我想与他们同行。”

随后，当马车升上斯瓦尔加时，坚战看见难敌坐在一张宝座上，周身散发着太阳般的光芒、簇拥着神灵与圣人。看见难敌如此纷华靡丽，坚战立刻急切地朝因陀罗说道：

“我渴望的天国不该有难敌，正是他害得我们如此命途多舛。我的兄弟们在哪里？我想去他们身边。”

“不，”那罗陀微笑道，“在斯瓦尔加，一切仇恨都将终结。既然难敌戎马一生，尽了刹帝利的天职，他便有资格在死后享受这份福报。不要再想那些赌桌上的事情，不要再想德罗波蒂的过错，不要再想你那些死于战争或其他突发事件的亲人。来吧，与尊贵的难敌和解吧！毕竟这里是斯瓦尔加，是没有纷争的世界。”

可是坚战仍执意询问兄弟们的下落，并坚持道：“难敌厚颜无耻，涂炭生灵，又终日迫害我们五兄弟。如果连这等卑鄙小人都能来到这极乐世界，我宁愿去到我的兄弟们身边，他们才是真正拥有高尚灵魂与纯洁心性的人。另外，我在这里也找不到迦尔纳、持国与善战，或是其他道德高尚之人的踪影。这些勇猛如狮，气吞万里的英雄们，他们在哪里？如果他们都在这里，那还情有可原。如果他们不在这里，我将去往兄弟们以及迦尔纳的身边。只要我们联合起来，连因陀罗本人也未必是对手。没有兄弟们陪伴，斯瓦尔加的美好对我来说又算得了什么呢？有他们的地方才是我的斯瓦尔加，这里不是我想要的天堂。”

最终，众神同意坚战去寻找他的兄弟们，并派了一位神使引导他。

两人走的道路曲折而黑暗，头上是漆黑的天幕，脚下是脓血与腐尸，周围飞着大群苍蝇，远处游荡着许多小鬼。四周遍地尸骨，爬满了蠕虫，空气中弥漫着焦灼的气息。铁嘴的秃鹫和乌鸦在头顶盘旋，浑身血腥味的尖嘴食人魔挡在路中。正直的国王一边穿越这恐怖的路途，忍受着令人窒息的臭味，一边静心沉思。他见到了可怕的沸水河，见到了森林中像剃刀一样锋利的叶子，见到了燃烧着熊熊烈火的沙漠、装满沸油的铁罐、生满尖刺的巨大木棉树，以及种种折磨罪人的酷刑。

看着这条骇人的恶路，坚战向引导他的神使问道："我请求你告诉我，这是通向何方的道路，而我的兄弟们又在何处?"

神使回答他说："我答应了众神，无法向你透露此处的一切秘密。不过，如果你感到恐惧的话，现在原路返回还来得及。"

早已不堪忍受路边恶臭的坚战立刻掉头回行。可他刚一转身，便有无尽的悲伤与懊悔涌上心头。同时，他的耳边响起了无数个哀怨的声音：

"呵！高贵的般度族人、达摩之子，看在我们如此可怜的分上，请留下来陪一陪我们！一见你来，我们便感到春风拂面，只要一直看着你，我们便能快乐地活下去。只要你能停留片刻，我们便能活下去，继续忍受此地的痛苦，而不至于灰飞烟灭。"

道路曲折而黑暗

“唉，真是悲伤的一天啊!”坚战王叹气道。听着周围传来的凄惨叫声，他不由自主地停下了脚步。声音一次又一次朝他涌来，但坚战却根本认不出声音的主人，于是他问道：

“你们究竟是谁，又为何留在这里?”

一个又一个声音给出了回答：“我是迦尔纳——我是阿周那——我是怖军——我们是无种和偕天——我是德罗波蒂——”就这样，他们接二连三地报出了姓名。

“为什么？为什么?”坚战呐喊道，“这些伟大的灵魂究竟犯下了怎样的罪过，才沦落到如此肮脏的境地？在他们光辉灿烂的人生里，我看不到一点问题。又是为什么，难敌和他的朋友们生前罪行累累，死后却仍能安居极乐世界？而这些英雄的灵魂，他们一生恪尽职守，追求真理，死后却要堕入地狱，这究竟是谁的罪过？我究竟是清醒着，还是在做梦？是神志清醒还是脑子糊涂了？啊，这一定是由于我的理智失去了作用，情绪波动让我丧失了判断力!”

坚战王内心充满了苦闷与惆怅。没过多久，他压抑的情绪便突然爆发起来，将怒火朝众神——包括他的父亲达摩——倾泻而去。他对神使说：“回到派你来的大神们身边吧，至于我，将留在这里，不再回去，因为我的兄弟们都在这里，他们因我的到来而高兴。”

神使回到了众神身边，原原本本地复述了坚战的话语，向他们展示了坚战的决心。

不一会儿，因陀罗领着众神来到了坚战身边，化为人形的达摩也和他们在一起。在光辉的群神面前，周围的一切黑暗都烟消云散，那些遭受惩罚的恶人、沸腾的维坦瑞尼河[1]、高大的木棉树、巨大的铁罐与堆积如山的尸体，也通通消失不见了。周围吹起了温暖芬芳的和风，在因陀罗的带领下，婆苏和摩录多、圣人和贤者们都朝达摩之子所在的地方走来。因陀罗温柔地对坚战说道：

“勇敢的坚战啊，众神对你非常满意，来吧，雄狮般的勇士，你的考验已经完成！一切悲伤都已过去，你将拥有完美、永恒的生命。听着！这通往地狱的道路本是所有国王升天的必由之路。更重要的是，你生前曾以德罗纳儿子的名字愚弄他，因此，你死后也要接受幻觉的惩罚，不论是地狱的幻象，还是地狱里怖军、阿周那和其他人在你耳边产生的幻听。现在，他们已经洗清了生前的所有罪业，你们战死沙场的朋友们也一样。你还将看到，你一生最愧疚的人，战士中的王子迦尔纳，已经回到了他的本位，与太阳一同闪耀。继续前行吧，带着伤痛和悔恨，只要你走完这条短暂而艰苦的路，便能与

① 位于阴阳两界之间的冥河，是一切罪人死后下地狱的必经之路。——译者注

我一起享受这一生功业的果实。去神圣的恒河中净身，抛下尘世，永远离开痛苦与纷争吧。”

随后，化为人形的达摩也对自己的儿子说道：

“祝贺你，智慧的国王！我真为你感到骄傲，我亲爱的儿子！你忠诚于我，守信于人，严于律己，并顺利通过了我的三重考验。第一次考验发生在你在杜瓦伊塔打柴时；第二次是我化身为狗，试探你的忠心；而第三次就是现在，我以此考验你与兄弟们的羁绊。现在，你已经摆脱了一切污秽，你的兄弟们也从未下过地狱，这一切都不过是诸神之王的障眼法。”

说罢，坚战便跟着达摩和其他人返回了人间，在圣河中沐浴，舍弃了肉身，得道成神。接着，仙人们奏响了天乐，迎送坚战升天。在天堂，他不仅与勇猛的般度四子互相致敬，也和难敌互相和解，所有人都摆脱了仇恨，一同和众神居住在一起。

图书在版编目（CIP）数据

众神与英雄：印度童话 / 郭国良主编；刘西竹选译. — 杭州：浙江大学出版社，2020.8

（丝路夜谭）

ISBN 978-7-308-20352-4

Ⅰ. ①众… Ⅱ. ①郭… ②刘… Ⅲ. ①神话-作品集-印度 Ⅳ. ①I351.73

中国版本图书馆CIP数据核字（2020）第119213号

众神与英雄：印度童话

郭国良 主编

刘西竹 选译

出品人 褚超孚

总编辑 袁亚春

策　划 张 琛 包灵灵

责任编辑 包灵灵 吴水燕

责任校对 郑成业

封面设计 周 灵

出版发行 浙江大学出版社

（杭州市天目山路148号 邮政编码310007）

（网址：http://www.zjupress.com）

排　版 杭州兴邦电子印务有限公司

印　刷 浙江省邮电印刷股份有限公司

开　本 889mm×1194mm 1/32

印　张 7.75

字　数 137千

版印次 2020年8月第1版 2020年8月第1次印刷

书　号 ISBN 978-7-308-20352-4

定　价 30.00元

浙江大学出版社市场运营中心电话（0571）88925591；http://zjdxcbs.tmall.com